Author
すかいふぁーむ
Illustration
さなだケイスイ
史上最強の
宮廷テイマー
～自分を追い出して崩壊する王国を尻目に、
辺境を開拓して使い魔たちの究極の楽園を作る～

シャナル
ユキアの妹でテイマー。
ユキア
あらゆる動物・魔物・神獣をテイムする規格外の能力を持つ。理不尽にも国から追放されてしまう。

レイリック
エルフの国の王様。
ミリア
ゼーレス王国の第二王女。
ユキアの人柄と実力を理解し、
以前から慕っている。
エリン
レイリックの妹。

霊亀の望みはひとつ。
――歩くだけで被害が
出ない身体になりたい
「俺ならその願い、叶えてやれる。
お前がもう歩くだけで
迷惑をかけない姿を取らせる。
テイムの恩恵で
お前を【精霊化】させる」

初めて霊亀が
こちらを向いた。
「テイム」
こちらからの条件は
霊亀を【精霊化】すること。
これはもともと
考えていたことだった。

鳳凰の権能は【聖炎】
ちょうどあの火山で、
こいつの身体が
そうであったように……。
「なっ？」

「腕のみにコントロールする
だけで手一杯なんだ。
手加減は本当に
できないからな！」
俺の右腕の先が炎に包まれる。
いや、実際に炎になるのだ。
そしてその炎は、
並の魔法とは比較にならぬ、
神獣の放つ聖なる炎。

CONTENTS

ダッシュエックス文庫

史上最強の宮廷テイマー

～自分を追い出して崩壊する王国を尻目に、辺境を開拓して
使い魔たちの究極の楽園を作る～

すかいふぁーむ

プロローグ

見渡す限りに広がる大規模な工事風景。

そこで作業に当たるのは大柄《おおがら》なオークやトロール。魔法を使うゴブリン。監督をするエルフ。

すぐ側《そば》ではドワーフがホブゴブリンに鍛冶《かじ》を教えており、不思議なことに人間の執事《しつじ》が鬼人《オーガ》族の訓練を行っている。

その他、魔獣たちもゴブリンや人間、エルフを背に乗せて荷物を運び、ドラゴンは空から外敵の侵入を警戒《けいかい》していた。

さらにそこに……。

「ユキア、遊びに来たぞ」

「おーう、今日は宴《うたげ》って聞いたが、どうなんだぁ？」

「ふぁっふぁっふぁ。酒を持ってきたぞ」

エルフ王、鬼人《オーガ》王、ドワーフ王が気さくに笑いながらやってくる。

人間のテイマーのために、わざわざ王自《みずか》らやってくるのだ。

「ああ、いらっしゃい。まだ準備中だけどね」

ユキアと呼ばれる王の周りには、神獣といわれる幻《まぼろし》の上位種が複数、戯《たわむ》れるように飛んでいる。

「ちょうど良い。手伝おう」

「力仕事は任せろ」

「では、記念碑でもつくろうかの」

大陸中を見渡しても、ここまで多様な種族が共生する場所は他にないだろう。

これは一国の宮廷テイマーだった男が、いつの間にか魔王と呼ばれかねないほどの力を持つに至《いた》るまでの物語。

宮廷テイマー、追放される

「いて……って……これは……」

「あーごめんごめん。そんなところにいたとは思いませんでしたよ。ユキアさん……ぷっ……」

「あはははは」

竜舎の掃除中、俺の顔面に糞《くそ》を飛ばしてきたらしい。

反応を見るにわざとだろうな……。

「はぁ……気をつけてくれよ。エレイン」

どうもエレインは俺のことを目の敵《かたき》にしている節《ふし》がある。

いや理由はわかる。俺の待遇が気に食わないんだろう。

俺は代々受け継がれてきた宮廷テイマーの家系だ。父が早くに病死してしまったためすでに家督《かとく》を継いでいる。

一方エレインをはじめ竜や生き物の世話をする人間は基本的に雇《やと》われた作業員。もちろん王宮に仕《つか》えるのは名誉ある仕事だし、貴族の子息の特権ではある。

だが俺は一応子爵《ししゃく》位まであるのに対して、エレインたちは無爵《むしゃく》で報酬《ほうしゅう》も大きいわけではないのに同じ職場で働いているわけだ。プライドの高い貴族の子息たちならそりゃ不満も出るだろう……。

「パトラ、頼めるか？」

「キュルーン」

世話をしている竜に呼びかけると嬉《うれ》しそうに一鳴きして俺の顔の汚れを浄化する魔法を使ってくれる。さすが白竜、聖属性はお手の物だな。

「ちっ……」

「あーあー良いよなぁ爵位持ちの宮廷テイマー様はよ……」

「なに、あいつが涼《すず》しい顔できるのも今のうちだよ」

気になる発言が聞こえたがいちいち構ってる暇《ひま》もない。

俺はこの竜舎以外にも……この王宮が管理する全《すべ》ての生き物の世話をする必要がある。

竜の世話だけで良いエレインたちとは作業量が違う。

「エレイン。あとはいつも通りに。餌《えさ》はそれぞれ準備したからよろしくね」

「くそっ……竜のご機嫌とりだけで金が貰《もら》えるやつは楽で良いよな」

文句を言いながらも作業を始めたのを見てその場を離れる。

竜は気まぐれだからテイマーの俺がコミュニケーションを取って、その日その日の食事内容を決めてるんだけど、相変わらずあんまり理解してもらえていないようだった。

「はぁ……」

それでも代々やってきた責任ある仕事だ。俺が折れたらこいつらの世話はおざなりになるだろう。

それは罪のないこいつらがかわいそうだ。

「頑張ろう」

竜、馬、鳥、その他の魔獣……。

レインフォース家が国のために繋《つな》いできた使い魔たち。

俺がいなくなればこんな鎖《くさり》などなんの意味もなくなる。竜は鎖を千切《ちぎ》って飛び出すだろうし、馬もテイム任せでろくに調教の仕方を覚えていない兵士たちには乗りこなせなくなる。鳥は手紙を運ぶのも途中でやめるようになるだろうし、魔獣に至《いた》っては最悪の場合、死人を出すことになるだろう……。

「俺が頑張らないと」

現状を確認したことで気合いを入れ直す。

今日の仕事もあと一踏ん張りだ。

◇

「は……？」

「聞こえなかったかね？　君はクビだと言ったのだよ、ユキアくん」

王城の玉座《ぎょくざ》の間《ま》に呼び出された俺は確認のためにもう一度説明を求めた。

「えっと……良いんですか？」

「は？」

今度は向こうが耳を疑ったようだ。

「宮廷テイマー……などと言えば聞こえは良いが、今の君は無駄飯喰《むだめしぐ》らいそのものではないか」

自慢のひげをいじりながら財務卿《きょう》のビッデル侯爵《こうしゃく》がそう言う。

「全くだ」

「そもそも馬係でしかない雑用夫に名誉ある爵位などもったいない……」

「テイマーといってもただの飼育係ではないか。こんな高い給与を払わずとも作業は滞《とどこお》りなく進んでいるという話だ」

周囲の貴族たちが追従《ついしょう》するようにそう言った。

なるほど……エレインが言っていたのはこれか……。エレインの父親はビッデル財務卿と親しい貴族だったな……。

「ふむ……レインフォース卿は何か気になることでも？」

「陛下《へいか》！　わざわざこのような馬係など相手にされずとも……」

「恐れながら申し上げます」

ビッデル卿の言葉を遮《さえぎ》り進言する。

「私は代々受け継がれてきた使い魔たちのテイムを行っております。私が任を解かれれば、竜や魔獣は抑えがきかず飛び出すでしょうし、馬なども言うことを聞かなくなるかと」

「でたらめを言うな！」

「そうだ！　そんな嘘《うそ》でその地位に縋《すが》りつくなど恥《は》ずかしくないのか！」

たちまちビッデル卿派の貴族たちに糾弾《きゅうだん》される。

周囲を見ても誰もそれに逆らう気はない様子だ。

「ふぅむ……どう思う？　ハーベル宰相《さいしょう》」

「レインフォース卿の言が本当であれば、大変なことになりますな」

ハーベル宰相が俺をかばうような発言をする。

だがその言葉を聞いてもビッデル卿が慌《あわ》てなかったことで、俺は全てを悟った。

ビッデル卿はすでに宰相まで取り込んでいたわけだ。

ハーベル宰相の言葉はこう続いた。

「ですが、ビッデル卿は財務を司《つかさど》るお方でございます。国家のために必要とあらば、支出先を見直すことも当然行わなくてはならないかと」

満足げにうなずくビッデル卿。

周囲の貴族がなにも言わないのはこれか……。国のナンバーツー、事実上の指導者となっているハーベル宰相には何も言えないのだ。

ビッデル卿と仲が悪く、普段なら真っ先に反対しそうな軍務卿カーターですらダンマリを決め込んでいる。

「では、レインフォース卿は本日付けでその任を降りてもらおう。本来であればこうした国家への虚偽《きょぎ》は死に値《あたい》する罪だが、証拠が揃《そろ》うまで時間がかかろう。処刑ではなく国外への追放処分とする」

俺のせいで家が……。

だがもうどうすることもできなかった。ビッデル卿がここまで根回しをしている以上、俺がここでなにをしても意味はない。

テイムの証拠を出そうにも、魔獣たちとの契約は先祖代々引き継いできたものなので一体ずつを解除はできない。俺が国外に出た後《のち》、初めて変化の兆《きざ》しが見えるようなものだろう。

「ご苦労だったな。まあ本当にテイマーとしての素養があると言うのなら他国でもどこでも行って存分《ぞんぶん》に力を振るわれるが良い。本当に力があるのなら、なぁ」

ニヤニヤと笑うビッデル卿が俺の肩を叩《たた》きながらそんなことを言う。

だがすでに俺の頭は家族をどうするかでいっぱいだったので相手にする余裕などなかった。

◇

「と、いうわけで申し訳ないけど国外追放になった」

久しぶりの実家。

代々王宮に仕えている都合上、王都に屋敷を持っていたレインフォース家の本邸に帰ってきていた。今家に残っているのは母と少し下の妹だけだが。

使用人は数人いるが、広い屋敷を持て余しているといえた。

「貴方《あなた》は仕事熱心だけれど……いえ、だからこそ宮廷のやり方には合わなかったのかもしれないわね……」

母さんは俺を責めるでもなくそう言った。

俺を心配させまいと気丈《きじょう》に振る舞ってくれているようだ。

申し訳ないな……。

「はぁ……兄さんはいつかやらかすと思っていましたが……まあ一族郎党《いちぞくろうとう》皆殺しとかにならなかっただけマシだと思いましょうか。国外追放は良いですが、行く当てはあるのですか？」

呆《あき》れながらも妹のシャナルは俺を気遣《きづか》うような視線を送ってくれていた。

口調に反して心配げな表情をしてるのが可愛《かわい》いところだ。

「はっきり言って当てはない。ただ国外追放となった以上急いだほうがいい。多分ビッデルは暗殺者を差し向けるだろうし」

「そうですね……兄さんに万が一、他国で活躍されたら立場がありませんし、そのくらいはするでしょう」

「ああ。だからとりあえず最短で国を出て、味方を作る」

「味方……あぁ……わかっちゃいました……」

俺が何をするか察したシャナルが頭を抱える。

母さんは微笑《ほほえ》むだけだった。

俺は王都を北上し、未開拓となっている森を開拓して生活拠点《きょてん》をつくるつもりだった。

目的地はあるが当てがあると言えるような状況ではないわけだ。

「ちょっと不便かもしれないけど、色々テイムして整備していけば未開拓の森も過ごしやすくなると思うから」

「わかってますよ、兄さんならそのくらいやることは」

「良かった」

ならやるべきことをさっさと進めよう。

「シャナル、使用人たちに多めに給金を、これからしばらく仕事がなくても生きていけるくらいには払ってあげて」

「わかりました……私と母さんを置いていくとは言いませんよね？」

「二人に何かあったら怖いし一緒に行きたいと思ってたけど……」

「ならいいんです」

そう言うとテキパキ準備を進めるシャナル。

母さんもついてきてくれるようだった。

そしてもう一人、辺鄙《へんぴ》な森への旅に加わりたいと名乗りを上げた人物がいた。

「ご主人様。不肖《ふしょう》ながら私めもご同行させていただいてもよろしいでしょうか」

「ロビンさん……」

ロビンさんは祖父の代から仕えてくれている執事《しつじ》。

確かにこれだけ深い関係にあれば危険が及ぶかもしれないな……。

「私めのことはご心配いただかなくとも、もともと老い先短い老人ですから……」

「縁起《えんぎ》でもないし、さらっと考えを読まないでください……」

主人と呼ばれる立場になった今でも頭が上がらない人だった。

「なにかのお役には立てると思うのです。是非《ぜひ》に……」

「わかった」

役に立つどころではない。

ロビンさんがいるかいないかで事の進め方がまるで変わるほどの力を持っているのだから。

「はい。ではまず安全に王都を出るルートがこちらになります。……それから馬車の手配はこちらの商人のもとへ向かわれるとよろしいかと」

「最初からこうなると予想して備えていたようですね……」

「買いかぶりすぎです。それでは……」

メモを渡したかと思うとさっと姿を消すロビンさん。

老い先短い老人だなんてとんでもない。ロビンさんほどの腕なら執事どころか冒険者だってまだできるんじゃないかと思う。

というか……。

「ロビンさんみたいな人が暗殺者として差し向けられたら俺は死ぬな……」

底知れない恐ろしさを感じながら、言われるがままにメモにある商人のもとへ向かった。

「馬車……ですかい？　しかもレンタルじゃなく買い上げると……」

「無理か？」

「いえ……ですが……」

何故《なぜ》か売り渋る商人。

こういうときは金を見せたほうが早いだろう……。

「これだけある」

どん、と革袋《かわ》をテーブルに置く。

「これは……！　いえ、こんなにはいただけません！」

「好きなだけ持っていっていい。とにかく早く必要なんだ」

「あるにはあるのです！　とびきり速いやつらです。お急ぎでしたらぴったりでしょう」

だったら話は早い、と思ったが商人の話はここで終わらない。

「ですが……問題がございまして……」

「問題？」

「ええ。二頭つないでおりますが、二頭とも人に全く心を許さないのです。操《あやつ》れる御者《ぎょしゃ》がいなければ馬車として使えません……」

「なんだそんなことか」

「そんなこと……？」

「それなら大丈夫だ。言い値《ね》で買う。すぐに準備してくれ」

元宮廷テイマーの腕の見せ所といったところだろう。

商人は準備のために外に向かった。

「兄さんならたしかに、どんな暴れ馬でも一瞬で手なずけてしまうんでしょうね」

「まあ馬程度なら大丈夫だろう。魔獣でも連れてこない限り」

「何言ってるんですか……仮に魔獣でもいくらでもテイムしてしまう天才が……」

天才、か。

テイムの才能だけは歴代でも目をみはるものがあると、父に言われたのを思い出す。

代替わりのときに苦もなく王宮の生き物たち全《すべ》てをテイムしたときは驚いていた。父はその時にはもう病気でボロボロだったが。

「そういえば、代々短命なのって王宮での無理がたたったりしてたのかな……？」

ふと思い返す。

祖父も父も早死だった。その前の先祖様たちも、長生きしたという話は聞かない。

「兄さんは関係ないと思いますけどね……雑用係に指示を出して、自分はテイムを維持《いじ》するのに手一杯《ていっぱい》だった父さんとはまるで違いますし……」

「まあそうか」

まあ何にせよ、そのあたりのことも考えておいたほうが良いかもな。

どのみちもうあんなでたらめな数を管理することはないだろうけど……。

いやあるか……？　むしろ未開拓地の整備に労働力として使い魔を動員するなら数は増えるかもしれないか……。

「でも兄さんがどのくらいテイムできるのか、限界を見てみたくはありますね」

「やめろ。殺す気か」

「人聞きが悪いですね……私はただ兄さんの力を見たいだけです。それに兄さんなら竜を百匹連れてきたって涼《すず》しい顔してテイムしますよ」

「まさか……」

そんな話をしていると準備に出ていた商人が戻ってきた。

「旦那様《だんな》、なんとか連れてきましたが……本当に良いので？」

「ああ、ありがとう」

息を切らせながら商人が言う。

商人のあとについて俺も外に向かった。

「見ててくれ」

連れてきたはいいものの心配そうに見つめる商人を安心させるためにそう言う。

二頭の馬はたしかに宮廷で見ていた軍馬よりふた回りほど大きく、気性《きしょう》も荒らそうだった。

今もこちらを睨《にら》み殺さんばかりに見下ろしている。

「やるか……」

ゆっくり、正面からその二頭に近づいていく。

「あっ！　危ないですよ旦那様っ！」

「まあまあ、大丈夫ですから落ち着いてください」

よそ行きモードのシャナルが俺には見せない柔らかい口調で商人をたしなめていた。

そうしている間に俺は馬のすぐそばまで近づき……。

「【テイム】」

「――っ⁉」

馬の目つきが変わる。

そして……。

「クゥウウウン」

「クゥォオオン」

近くに来ていた俺に頭をこすりつけるように甘えてきていた。

「信じられない……私じゃあここに連れてくるだけで手一杯だったというのに……」

「まあ、兄さんですから」

シャナルが久しぶりに見せる柔らかい笑みで微笑《ほほえ》んでいた。

◇

「ご主人様、御者は私めが」

「ああ、お願いします。クエル、エルダ、頼んだよ」

「「クゥオオオン」」

二頭には名前がなかったようなのでそれぞれ、クエルとエルダと名前をつけた。

芦毛《あしげ》の綺麗《きれい》な馬体を持つクエルと、瞳《ひとみ》が緑に輝く栗毛《くりげ》のエルダ。

るだろう。

二頭ともメスのようだ。

すっかり大人しくなった今の様子なら、ロビンさんに任せてもしっかり仕事をこなしてくれるだろう。

「母さん、大丈夫？」

慣れない馬車で酔ったりしないだろうかと心配する。

「ええ。私のことは心配せずに」

「兄さん、私は？」

と、シャナルも何故かそんなことを口にする。

一応確認はするけど……。

「え？　ああ、シャナルは……大丈夫そうだね」

「……知りません」

あれ？

シャナルが何故か機嫌を損《そこ》ねていた。

「動きますよ」

ロビンさんがそう言うとクエルとエルダが息を合わせて動き出す。

「街を抜けたら街道を北上、本日は北西の村リスドルへ参ります」

下調べはバッチリということだろう。

「それじゃあ二人は休んでて。俺は周囲の――……」

言いかけたところでシャナルがそれを遮《さえぎ》った。

「はぁ……兄さん、周囲の警戒《けいかい》は私のヴィートが行っていますから、あまり気を張り詰めないでください」

機嫌が直ったのかは判断に迷うところだが、旅に協力的なことはありがたい限りだ。

「そうか。シャナルにはヴィートがいたんだった」

シャナルも当然レインフォース家の血を引き継ぐ優秀なテイマーだ。

猛禽類《もうきんるい》から派生《はせい》した鳥型の魔物、ヴィートは父さんから与えられた使い魔だった。

「兄さんも早く使い魔を作れば良いのに……って、どんな相手も一瞬でテイムしちゃえるんじゃありがたみがないですかね」

テイマーというのは通常、相棒《あいぼう》になる使い魔を決めて絆《きずな》を育《はぐく》むものだ。

大体一人一体の相棒、もしくは数体のパーティーを持つことが多い。

「まあ俺は宮廷のやつらがいたから……」

「確かにあの数をさばきながらでは難しいのはわかりますが、兄さんはそもそも作る気がないからですよね……？」

「ふふ。羨《うらや》ましいわね。見ただけでテイムできる才能……苦労してようやく相棒を作れた私たちとは見えている景色が違うように思えるわ」

母さんにも相棒がいる。

ネズミ型の魔獣、スチュワードだ。

話題に上がったのがわかったのか服の裾《すそ》からひょこっと顔を出してせわしなく視線をキョロキョロ彷徨《さまよ》わしていた。

「はぁ……兄さんが竜でも連れて帰ってきてたらすぐ国を出られたんですけどね」

「無茶言うな。それこそすぐに殺されてたわ」

「またまた……一人で逃げるだけなら国家戦力相手でも兄さんは立ち回れたでしょうに」

どこまで本気かわからないシャナルの言葉に何も言えなくなる。

「ありがとうございます。兄さん」

「え？」

「聞いてなかったんですかっ⁉」

「いや、聞いてたから驚いたというか……まさかシャナルの口からそんな言葉が飛び出すとは思ってなくて……」

「もうっ！　知りません……」

また機嫌を損ねてしまった……。

いずれにせよ国家戦力相手に大立ち回りなどしたくなかったしな……。なんだかんだ言っても、こうして家族一緒に過ごせるならそれに越したことはない。

馬車は順調に北の森に近づいていた。

シャナルの機嫌を再び戻すのには少しだけ苦労したが……そんなところも可愛《かわい》い妹だった。

「これで良いのだな？」

「ああ、父さん。ユキアなんていなくてももともとこいつらの世話は回ってたんだよ」

ポンポンと竜のうろこを叩《たた》きながらエレインが父親のアイレンに得意げに語る。

竜はその程度の衝撃はなんとも思わない様子で身動き一つしなかった。

「なら良いのだ。これでお前が中心となってあのレインフォース家の後釜《あとがま》に収まるとなれば、我が家は未来永劫《えいごう》安泰《あんたい》だ」

「はあ……父さんもレインフォース家って……あんなのただのホラ吹き一家だって。その証拠にほら、こいつらも暴れだしたりしないしさ」

またエレインがポンと竜を叩く。

相変わらず竜は動かなかった。

「ふむ……まあ良い、うまくやれ。これでレインフォース家に払っていた大きすぎる支出が浮

いた。当然その金額は……」

「へへ……分け前は弾《はず》んでくれよな」

親子ともに欲に目がくらんだ同じ表情を浮かべて竜舎の中で笑い合う。

ユキアがいなくなったことでエレインは竜舎を一手に任される統括者《とうかつ》となり、その地位も報《ほう》酬《しゅう》も大きく向上していた。

順風満帆《まんぱん》。

エレインとしては、大した仕事もしていないのに指示だけ飛ばす楽な仕事で大金をもらうユキアを追い出したことはこの上ない善行のつもりだった。国家のために一肌《ひとはだ》脱いだという達成感と、上がった役職がもたらす全能感に酔いしれていた。

鬱陶《うっとう》しいユキアもいなくなり、竜たちは黙って自分の言うことを聞く。

最高の環境を手にしたと……そう確信していた。

今日、このときまでは。

「では、私はビッデル卿《きょう》のもとへ行く」

アイレンもまたほくそ笑む。

息子から話を聞いたときには聖域《せいいき》に足を踏み入れるような恐ろしさすらあったが、いざ追い出しても何事も起こらないということがやはり、レインフォースなどただのお飾りであったことの何よりもの証明だった。

結果的に財務卿へ大きな恩を売れた上、うまく行けば息子が独立して爵位《しゃくい》を得られる可能性すら芽生《めば》えたのだ。

「そうなれば我がマインス一族は王国の歴史に名を刻《きざ》む名家だな……」

頭に描いた妄想《もうそう》が次の日には打ちくだかれるなどとは夢にも思わず、軽い足取りでビッデル卿のもとへと向かっていった。

二人にとって今日は生涯《しょうがい》でもっとも幸せな日だったと言えるだろう。

◇

「やりましたな、ビッデル卿」

ビッデル財務卿の周囲には王宮に仕《つか》えるビッデル派の貴族たちが集まりすでに宴会の様相を呈《てい》し始めていた。

「これであのレインフォースに出していた無駄金が浮く……つまり我々は……」

「ふふふ。それ以上は口に出すなよ？」

「もちろんです、ビッデル財務卿殿……いえ、次期宰相閣下《さいしょうかっか》殿とお呼びした方が？」

「ははは。面白《おもしろ》い冗談だな」

　まんざらでもない表情でビッデルが笑う。

「しかし良かったのです？　国王陛下《へいか》とあのようなお約束を……」

「なんだ？　お前はレインフォースを信じるのか？」

「いえ！　そんな滅相《めっそう》も……」

「案ずるな。万が一あのレインフォースの小僧《こぞう》の言う通りになったら責任を取れるかなど……万が一にも起こらないからこの計画を動かしたのだ。であろう？　マインス卿」

　少し遅れてやってきたアイレン……エレインの父、マインス子爵《ししゃく》に気づいたビッデルがそう声をかける。

「もちろんでございます。我が息子が文字通り、手綱《たづな》を握っておりますゆえ」

「それは安心だ。聡明《そうめい》なご子息をお持ちで羨《うらや》ましい限り」

「あやかりたいものです」

　すっかり出来上がっている貴族たちにも持ち上げられ、アイレンは鼻高々だった。

「これまで何の問題もなかった宮廷の馬や竜が今更《いまさら》暴れだすなどありえぬ……だが他国であの小僧が活躍すると陛下も気にされることだろう……」

「足取りはつかんでおられるので？」

「無論だ。思ったよりも早く動いたようだが、よりにもよって向かう先が北とは……間抜《まぬ》けな男だ」

「北ですか！　魔の森とその先の山岳《さんがく》……自《みずか》ら逃げ場をなくしたと」

「ああ。もともと王国に寄生《きせい》し続けた家だ。頼る当てもなくさまよっているのであろう。わざわざ目立たぬ場所に向かうというなら到着してから殺したほうが好都合というもの」

「ごもっともで。いやぁしかし、何もかもビッデル卿の思惑《おもわく》通り……流石《さすが》ですなあ」

貴族たちが笑い合う。

気を良くしたビッデルが自慢のコレクションであるワインまで解封しはじめ、宴《うたげ》は夜を徹して行われることになった。

それほどレインフォース家へ払っていた金額は大きく、これから彼らが手にする恩恵も大きいのだ。

なにせこれまでは、レインフォースなしでは軍が機能しないとまで言われて脅《おど》されていたのだから。

「忌々《いまいま》しい一族だったが……間抜けな小僧が最後を締めくくったな」

ビッデルは笑う。

だが彼らは知らない。

すでに王宮の生き物たちの【テイム】が解けてきていることを。

「ここがリスドル……」

「王都から離れられたことのないご主人様には新鮮に映るでしょうな」

言葉を選んだロビンさんだが、要するにあまりに活気も人気《ひとけ》もなくて驚いたのだ。

「馬車は……」

「預かるような施設はありません。ご主人様であれば一度森に解放して翌日呼び戻せばよろしいかと」

「なるほど」

荷物はマジックボックスに入れてあるから宿に運べるし問題ないか。

流石《さすが》に馬のいない馬車をそのまま持ってく盗人《ぬすっと》もいないだろう。

「宿の手配はすでに済んでおりますので。食事は私が用意いたします」

「ありがとう」

舗装《ほそう》されていない土の道を走らせながらロビンさんが言う。

ちらほら見える店は必要最低限のものしか並んでいない。

それにしても……。

「シャナル、王都の外はどこもこんな様子なのか？」

「兄さん、私も一応王都生まれ王都育ちですよ？」

「でもシャナルはヴィートから景色を共有されてるだろう？」

「兄さん……王宮にいて私のことなど見ていないかと思ってましたが意外と見てるのですね」

しまった。

妹のことを観察してる気持ち悪い兄だと思われただろうか……。

顔を逸《そ》らしたままシャナルはこう言った。

「辺境の村々はそれぞれに様々な事情を抱えていますから。ここは王都近郊といえば聞こえはいいですが、馬車を飛ばしても半日かかるようなところですし、そもそも村人が街道を抜けるには危険が多すぎて生涯《しょうがい》を村で過ごす者がほとんどです。人の出入りがない村はこんなものですよ」

なるほど……。

幼《おさな》い頃から王宮で父を手伝い、父が亡くなってからは文字通り休みなく働き通しだった俺にこういった常識はない。

だが……。

「せっかくだから少しくらい活気を与えてあげられると良いんだけどな……」

「兄さんがやる気なら、村の閉塞感《へいそく》を打破するのは意外と簡単かもしれませんよ？」

「え？」

シャナルがようやくこちらを向く。

機嫌を直してくれたのだろうか。

「馬車を引けるような生き物をテイムしてあげればいいんです。きっかけがテイムでもその後しっかり世話や調教すれば村人でも扱えますよね？」

「まあそれはそうだろう」

王宮の魔物たちが暴走すると進言した理由はまさにここだ。

飼育係がろくに世話をせず調教法も覚えていない状況だし、魔物の管理は檻《おり》につないで餌《えさ》を投げるだけの本当に雑なものだったからな……。ひどい場合には抵抗しないのを良いことに攻撃を加える者までいた始末だ。懐《なつ》く懐かない以前の問題だった。

人間に不信感を抱いた以上俺以外の者が近づいても悪化させるだけなので、彼らになるべく人が近づかないようにするしかなかったが……。

「ユキア。手を差し伸べるのであれば徹底的にやりなさい。中途半端ではいけません」

俺たちの話を聞いていた母さんがそう言う。

「崖《がけ》から人が落ちる時、落ちた人は最後に手を差し伸べた人の顔を思いながら死にゆくのです。貴方《あなた》が手を差し伸べるなら、必ず救い切る覚悟を持つように」

「わかったよ」

母さんの言うことはもっともだ。

「まあ、兄さんのことだからもう決めているんでしょうけど」

その日のうちに俺は村長との約束を取り付けた。

◇

「レインフォース様といえばあの伝説の一族……！　お力になっていただけるのであれば是非《ぜひ》……！」

村長は俺の話に前向きだった。

「意外でした。兄さんは何も考えずにただ助けるかと思っていましたが……」

「兄を何だと思ってるんだ」

シャナルがそう言った理由もなんとなくはわかるが……。

村長との話し合いで俺は二つのことを申し出た。

一つは村で得る利益の一部を余裕ができてからはこちらにも分配すること。

そしてもう一つは、俺が狙《ねら》われている可能性を考慮した上で考えてほしいということだ。

「ですが本当によろしいのですか？」

「それはこちらの台詞《せりふ》でもあるけど……」

「いえいえ。来るかわからない刺客《しかく》に怯《おび》えて目の前の機会を逃したとなれば村人たちにも先祖にも顔向けできません」

「そうか……」

先祖……か。

俺が利益の一部をもらうのは生活のためではない。

レインフォース家は莫大《ばくだい》な財産を持っている。おそらくそれは国内貴族の中でも有数の財力だろう。

だがそれは俺が生み出したものではなく、先祖代々がしっかりとその土台を作ってくれたからだ。

俺もそんな存在になりたい。

額は大きくなくても良いが、俺が死んでからも残るような、そんな何かを残したいと考えていた。

もちろん無理なくやってもらうのが大前提だけど。

「じゃあ改めて、村の困りごとを整理しよう」

「はい……目下《もっか》の問題はやはり外部との交流です。村だけで生活を維持《いじ》していくには昔を知るものが多すぎる。ですがもはや、村には自力で王都にたどり着けるものはおりません……」

「昔は違ったんだな」

「はい。馬車も持っておりました。そう遠く離れているわけではありませんし、定期的に村人に農作物と金をもたせて王都に向かわせ、色々とものを買って帰ったのですが……」

村長の顔が曇《くも》る。

「街道事故、ですか」

喋《しゃべ》れなくなった村長の代わりにシャナルが言った。

「街道事故……？」

「何年か前ですが、馬車が魔物に襲《おそ》われる事件があったと。そのせいで行商も北西の村は見捨てたと言われていました」

「そうだったのか」

つまりあれは街道として機能していなかったということか……？

いやそうか、王都から離れるにつれて防衛拠点《ぼうえいきょてん》の見張りも全くいなくなっていたしな……。

「あの事件以降、村は衰退《すいたい》の一途《いっと》です。幸いにして自給自足ができる環境ですが、農作物も魔物の被害が出てきておりますから……」

「要するにこの周囲の魔物が問題なのか……」

外部との交流途絶《とぜつ》も農作物被害も原因は同じということになる。

シャナルに目配《めくば》せする。

周囲の魔物がどの程度のものなのか見てきてもらおうと思ったが……。

「すでにやっていますよ。被害の原因はほとんどがゴブリンです。兄さんからすれば大した相手ではありません」

「そうか」

なら……。

「なんとかなりそうだな」

「え、兄さんまさか、周囲のゴブリンを全《すべ》てテイムでもするつもりですか？」

「え？」

「いやいやまさかさすがのレインフォースご当主様でもそこまでは……」

「だめだったか？」

「「え？」」

村長と妹、二人が揃《そろ》って口を開けていた。

◇

「なるほど……ゴブリンの巣は五箇所か。ありがとう」

翌日、村の外れで飛んでいた鳥から情報を聞き出す。

「本当にやるんですか……？」

シャナルは相変わらず信じられないものを見る顔でこちらを見てくる。

「心配しなくても使い魔がいない俺でもゴブリンくらいはさばけるって」

「いえ、それを心配しているのではなくて……一つの巣に百前後いると言われるゴブリンを全てテイムするのですか……？」

「うん」

数は多くても千くらいだろう。

俺はテイムしたゴブリンたちを連れて行くことに決めている。

「未開拓領域での労働力としても期待できるし、それにこの周辺の森にはゴブリンが棲《す》みつく前は村人たちで防げる程度の獣害《じゅうがい》しかなかったようだし、大丈夫だと思うんだ」

ゴブリンは雑食。周囲の動物もよく狩《か》られていたようで、ゴブリンがいなくなると、もともといる害獣による農作物の被害は増えるかもしれないが、それは村でなんとかするとのことだった。

「はぁ……まあいいです。兄さんは昔からそうでした……」

よくわからないことを言いながらもシャナルは心配してついてきてくれるようだった。

「で、何をしてるんですか？」

「ん？　ゴブリンのテイムに役立つかと思って」

森を歩きながら生《な》っている実を集める。ゴブリンの好きな果物はいい手土産《てみやげ》になるだろう。

「兄さんならそんなことをしなくても……」

「基本が大切だよ」

森の歩き方やゴブリンや動物などのテイムのやり方を教えてくれたのは父さんだった。

昔を思い出しながら木の実を集めてゴブリンの巣を目指す。

そして……。

「これは……？」

しばらく進んだところで目当てのゴブリンを発見した。

だが少し、予想と違う形で。

「戦っているん……ですかね？」

何故《なぜ》かゴブリンが同士討《う》ちをしていた。

「止めてくるか」

「えっ⁉　ちょっと兄さん！　危ないですし集めた実全然意味な……ほんとに人の話を聞きませんね！　もうっ！」

シャナルに危害が及ぶ前に片を付けよう。

戦いに集中していてこちらに意識が向いていないゴブリンたちに手をかざして唱《とな》える。

「【テイム】」

「「「……⁉」」」

石の投げ合いや打撃武器での殴り合いで騒がしかった森に、時間が止まったかのような静《せい》寂《じゃく》が訪れた。

「すごい……これが兄さんの、テイム……って何匹いっぺんにやったんですかっ⁉　大丈夫ですか？　どこか体調に問題は……」

「ん？　大丈夫だよ」

「そうですか……相変わらず化け物じみてますすね……」

何故かジト目で睨《にら》まれる。

まあ今はこっちか。

「さて、【テイム】に応じてくれてありがとう。争っていたわけを聞きたいんだけど……」

「ギー！」

「ギーギー！」

「ギー！　ギギー！」

「一度に言われてもわからないから！」

テイマーはテイムした魔物の言うことをなんとなく感じ取る力があるが、流石にこうも一度に騒ぎ立てられてはよくわからなくなる。

だがそれでも断片的に情報は得られたのでそれをまとめていった。

◇

「なるほど……人間を襲うゴブリンと、人間には手を出すべきじゃないと主張するゴブリンの争いか……」

詳《くわ》しい話を聞けば、すでに街道で人を襲ったゴブリンは淘汰《とうた》されていなくなっており、周辺のゴブリンはなるべく森で慎《つつ》ましく生きたいというものが多数派らしい。

そのため人間の畑に手を出すのは基本的にタブー視されているようだった。

確かに人間に手を出して痛い目を見てるからな……。シャナルに聞いたが事件後は王都から騎士団が派遣《はけん》されてゴブリン掃討《そうとう》作戦が敢行《かんこう》されたらしいから。

村人にとっては脅威《きょうい》であるゴブリンも、武装した人間相手では無力だからな。

「ギーギー」

親人間派のゴブリンは必死に見逃してくれと訴えかけてきていた。

「ああ、心配しなくても俺はお前たちに危害を加えるためにここに来たわけじゃない」

「ギー？」

「ギー！」

その言葉に大人しくしていた畑を荒らしたゴブリンたちもこちらに顔を向け始めた。

「もうそんな争いが必要なくなる話をしようと思うんだ」

「ギー」

「俺はこれから北の未開拓領域を目指す。人間が手を出してこない森の奥だ」

わかってるんだかいないんだかよくわからないがひとまずその場にいたゴブリンたちはみん

なしっかり耳を傾けてくれるようだ。

「そこで一緒に生活しようと思う。俺がテイムした魔物同士で争いは起こらない。巣穴の規模が大きくなったくらいで考えてくれればと思うが、どうだ？」

「ギー！」

「ギーギー！」

概《おおむ》ね同意してくれたというところだろうか……。

森の奥はゴブリンたちにとっても大変な環境かもしれない。だが天敵となる魔物を含めて俺がテイムしてしまえば、道具が使いこなせる人型の魔物にとって快適な環境が作れるだろう。

「繋《つな》がりがあるなら他の巣のやつや話がわかる別の種族も呼んできていい。とりあえずここで待ってるから、集められるだけ集めてくれるか？」

「ギー！」

元気に返事をすると、テイムしたゴブリンたちは一瞬で散っていった。

「大丈夫なんですか……？」

「手間《てま》が省《はぶ》けていいと思ったけど」

「いえ……もし想定以上の数が集まったら……」

「ああ、もともとここで数を増やすつもりだったから心配ないよ」

「え……？」

ゴブリンが千匹もまとまって移動していたらまた騎士団が出てきかねないし、別れてバラバラに未開拓地を目指してもらうつもりだった。

そしてその間にできるだけ周囲の魔物も引き連れてきてもらおうと思っていたのだ。

「兄さんは国でもつくるつもりですか……？」

「ゴブリンの国かぁ……俺はゴブリンの王とかになるのかな？」

「いえ、その勢いだと様々な魔物が集まってくるので……」

あれ？　それって……。

「兄さんが魔王に……」

「流石にそれは……」

そんな話をしているとゴブリンたちがじわじわと戻ってきつつあった。

◇

「ギー！」

「グオォオオオ」

「キュウウウウン」

「ギッ！　ギッ！」

あれ……これは……。

「思ったより種類が多いな……」

集まったのはゴブリンの他、コボルト、オークや魔狼《まろう》、魔兎《まと》、魔鳥《まちょう》や虫型の魔物まで様々だった。

「狙い通りではないんですか？」

「ここまでは想定していなかった……」

「まあでも、兄さんなら問題ないんでしょうけど」

「まあやるだけやるさ」

そこからも続々集まってくる魔物たちに向け、延々《えんえん》と「【テイム】」を唱え続けた。

「兄さんが魔王と呼ばれる日はそう遠くないでしょうね」

シャナルの言葉が冗談に聞こえなくなっていた。

◇

「ありがとうございました！　まさか馬までいただけるなんて……」

集まった魔物たちを全てテイムした俺は、当初の予定通りバラバラに未開拓地を目指すよう指示して解散させた。

できれば未開拓地の整地も行っておくようにとも言っておいたがどうだろうな……。

そして道中ゴブリンの助けもあって馬を何頭か手に入れたのでそれを村長に渡しに来たのだ。

「もともと馬なしじゃ困っただろうし用意するつもりだったんだけど」

「良かったですね。兄さんなら馬の代わりにゴブリンを百体置いていくとか言いかねませんでしたよ？」

「それは……」

村長の顔が引きつっていた。

いや、流石に俺もそれは……わからないな……自分に自信が持てなかった。

「ともかく、このお礼は必ず……！」

「ありがとう。このまま北を目指して森を開拓するつもりだから、道が整備できたら遊びに来てくれ」

「わかりました。その際は村の特産品を山盛り持ってまいりましょう」

「ありがとう」

これまで姿を見せていなかった村人たちもちらほらと顔を見せに来て頭を下げていた。

「お気をつけて……！」

ーーー
村長に見送られながら村を出る。

もはや街道とは名ばかりの、ギリギリ馬車が通れる幅しかない狭い道を進んでいくことになった。

「これを行く先々でやるおつもりですか……？」

「いや……多分もう先に行かせたやつらが集めてると思うから……」

あいつらが道中どの程度仲間を集めてくるか次第《しだい》だろう。

「そうですね……いえ、ということは着いた頃には数万の大群に迎えられるのでは……？」

「そこまでいくか……？」

「不安になってきました……森の魔物がどの程度いるのかヴィートに探らせておきます」

「ありがとう」

シャナルは呆《あき》れた様子だったが母さんはニコニコしてくれていた。

「テイムの力を人助けに……きっと初代様もユキアのような存在だったかもしれませんね」

「そうなれると良いなと思ってるよ」

村人たちに送り出され、旅は順調に進んでいった。

王国の良心【王国視点】

「お父様！　レインフォース家を追放したというのは本当ですか⁉」

「なんじゃミリア。血相《けっそう》を変えてどうしたのだ」

王城の廊下で国王アルトンが娘に詰め寄られていた。

「レインフォース家……いえ、ユキア様を解任した上、国外に追放など……正気ですか⁉」

「落ち着くのだミリア。お主はたしかに【テイム】の心得《こころえ》もあり、あの者になにかの親近感を抱いておったかもしれぬが、実際にいなくなってもなにも起きぬのだ。そもそもお主も言っておったではないか。一人のテイマーが抱える生き物の量には限界があると」

「そう言いました！　だからこそレインフォース家がこのゼーレス王国には必要であるとも！」

王女ミリアは焦《あせ》っていた。

王宮内でテイムを身につけているのは彼女だけであると自負している。

それゆえ、今起きている事態を正確に把握《はあく》できているのは自分だけであり、人を動かすには

力が足りないことを痛感していた。

だからこそ禁じ手とも言える父《国王》への直談判《じかだんぱん》という手段に走ったのだ。

「お父様。考え直してください。レインフォース家の加護がなくなればたちまちこの国は滅びます！」

「くどいぞミリア。今、何も起きておらんことが何よりの証拠ではないか」

「違うのです！【テイム】はすでに段階的に効果が失われていっております。【テイム】のない魔獣や竜をうまく操《あやつ》れるような人間がこの王宮におりますかっ!?」

「それは……だが飼育係がいるであろう」

「あれが最低限の仕事しかしていないのはご存知では……？　ユキア様が宮廷を出られて以降、まともに飼育係が世話をしているところなど――」

ミリアにできたのはそこまでだった。

「おやおや……王女様は我が息子の仕事ぶりにご不満でしたか……申し訳ありませんなぁ」

マインス卿《きょう》……アイレンが姿を見せたのだ。

その表情にミリアに対する敬意は感じられない。正規の手続きを踏まず裏口的なやり方で国の政治に口を出したミリアに対して、アイレンのほうが正義を掲《かか》げやすい状況だったからかもしれないし、ユキア同様、立場の弱いテイマーという役割のせいかもしれない。

「人払いくらいしておくんでしたな……ここではあまりに目立ちますぞ。姫様」

「貴方《あなた》が……ユキア様を……？」

「おや、一介《いっかい》の飼育係に姫様が……？」

「くだらない言い争いをしている暇《ひま》はないのです。今すぐ呼び戻さなければ……」

焦りを覚えるミリアに対して笑みを崩《くず》さないアイレン。

「ふむ……そのくらいにしておけミリア」

国王は娘をたしなめる選択をした。

「レインフォース家はたしかに代々我が国の使い魔の管理で大きな貢献《こうけん》をしてきた。特に初代においては今の騎士たちの基礎すら作り上げた偉人だ」

「だったらっ！」

語気を強めるミリアをいなすように手で制して、国王アルトンはこう続けた。

「その功績を考慮し、処刑は免《まぬが》れた。偉大な先祖の実績にあぐらをかき、ただの飼育員程度の任務で貴族の地位を保ち続けていた彼らは、もう国にとって必要のないものだった」

「そのとおりでございます。むしろ先祖代々莫大《ばくだい》な報酬《ほうしゅう》を国庫から奪い取り続けていた……もはやあれは害虫。姫様もお早く、目を覚まされることをおすすめいたします。それともすでに姫様が【テイム】でもされておりましたかな？」

「下衆《げす》がっ！」

「おやおや……」

パンッとアイレンの手を弾《はじ》いたミリアはそのままの勢いでその場をあとにする。

アイレンはニヤニヤと笑うだけだった。

「私だけでも……なんとか……」

【テイム】ができるからこそ、ミリアはひしひしと実感している。

自分程度のスキルでは、王宮内の生き物を全て従えることなど到底《とうてい》不可能であることを。

しかも、よりにもよって飼育を担当する貴族の子息たちがいい加減な管理を、あまつさえ種によっては虐待《ぎゃくたい》を加えるような状況にあってなお従えさせる力など、大陸全体を見渡してもユキアを除いていないはずなのだ。

「私は……無力すぎる……」

力があれば、ユキアの追放だって事前に防ぐことができたのだ。

王女という地位にあぐらをかき、何も成し遂《と》げてこなかった報《むく》いかもしれない……そんな考えがミリアの頭をよぎった。

「私にできることをしないと」

孤独の王女は考える。

これから起こる国難に対抗するためにできることを……。

「これは……想像以上だな……」

旅は順調に進み俺たちはようやく小道もない森の中にたどり着いていた。

途中から馬車本体をマジックボックスに収納してエルダとクエルにそれぞれ二人で乗って移動した。

俺の後ろにシャナル、ロビンさんの後ろに母さん。

二頭とも商人が手を焼くほどの大型の馬だったのが幸いした。

と、それはともかく……。

「兄さん、これ本気で全《すべ》てテイムするつもりですか？」

森の中で俺たちが足を止めた理由は、当初の予定通り生活の拠点《きょてん》を作りやすそうな場所を求めてのことだった。

この辺《あた》りは森の中でも不自然なほど木々がなく、水源も近くにあって生活するにも工事を行うにもぴったりだったのだ。

　そしてその整地を行っていたのが……。

「ギー！」

「グオォオオオオ」

「ギーギー！」

「キュオオオオオン」

　大小様々な魔物たちだった。

　すでに一度ゴブリンの他にコボルトやオークなどもテイムはしていたが、今回は数が桁違《けたちが》いに多くなっていた。

「まあ、責任は取らないとね……」

　きっとここに来ればテイムを受けて仲間になれると聞いてきた魔物たちだ。

　魔物たちが集まるのにも理由があった。

　テイムはテイムする側にもされる側にも一定のメリットがあるからだ。

　まずテイムする側、俺はテイムした魔物からその力の一部を受け取ることができる。

　別に力を奪うわけでもなく、例《たと》えば馬をテイムすれば脚《あし》が少し速くなるとか、そういう類《たぐい》だった。

そしてテイムされた側のメリット。それは逆に俺から力の一部を受け取ることができるというものだった。

テイマーの魔力が元になって新たな力に目覚めると言われている。

その証拠に、先行部隊のゴブリンたちは体つきがふた回りほど大きくなり、ほとんどがホブゴブリンへ進化を果たしていた。

「兄さん、提案ですが……」

魔物の大群を見てシャナルが言う。

「ん？」

「半分……いえ三割……も無理ですね……一割……いけるでしょうか……」

「何を言ってるんだ？」

ぶつぶつ何かを唱《とな》え始めたシャナル。

しばらくそうしていた後、シャナルから提案の内容が告げられた。

「兄さんのキャパシティは信頼していますが、このペースで魔物が増えていくなら一匹でとんでもない……例えばドラゴンのような魔物もやって来ることになると思うのです」

「あー……ないとは言い切れない、かな？」

「だとしたら、兄さんのテイムのキャパシティはなるべく温存しておいてほしいんです。私じゃドラゴンなんて扱いきれませんし」

「シャナルも何匹かはいけると思うけど……」

「無理をすればそうかもしれませんが……私にはヴィートもいますし……」

「そうか」

使い魔として一匹にほとんどの魔力を割《さ》いているシャナルと、俺のようなフリーで契約を結ぶのみのテイムはまた少し話が違うかもしれないな。

あれ？　それでなんだったっけ……。

「ですから……私が可能な限りテイムを引き受けます」

「なるほど」

今後のことを考えればそうしておくのもいいかもしれない。

「では私も……と言っても手伝うというよりは相性の良い子をもらえれば程度のことしかできませんが……」

「母さん」

まあ分担できるならしておくのは良いだろう。

宮廷のときのように世話をするつもりはないんだが、それでも面倒《めんどう》を見られる量には限度がある。

そう考えると母さんとシャナルにいくらか預けたほうが良い。

それに何よりこれからの生活はサバイバルになる。

大規模なテイムで恩恵を得る俺と同じように、二人も身体能力を高めておくに越したことはないのだ。

「わかった。じゃあ二人には担当できるだけやってもらって、残りは俺が面倒を見るよ」

「わかりました」

「じゃあシャナルと話し合って決めるとしましょう」

母さんとシャナルが打ち合わせを始める。

その間に俺はすでにテイムしているゴブリンを呼び出して指示を与えた。

「水源から水を引く工事がしたい。あとは木を使って家を作る。洞穴《ほらあな》生活じゃなくなるけど大丈夫か？」

「ギー！」

大丈夫そうだった。

「じゃあまずは……」

地面に設計図のようなものを書きながらゴブリンたちに説明していく。

ホブゴブリンは人間と同じくらいの体型だ。力は並の成人男性よりあるだろう。

自分で考える力は弱いが、基礎体力と指示に従う知能は十分にある。

「できるか？」

「ギッ！」

「ギー！」

「よし、じゃあ他のやつらと一緒に行ってきてくれ」

「ギー!!!」

司令塔はゴブリンに任せてオークのパワーやコボルトの素早さなんかはそっちでうまく使ってくれればいいということにしよう。

楽しそうに仲間を集めながら飛び出していくホブゴブリンたちを眺《なが》めていると、母さんとシヤナルが戻ってきた。

◇

「決まりましたが、勝手にテイムしてしまっても……？」

「問題ないよ」

「わかりました……では」

母さんとシャナルがそれぞれ意識を集中する。

二人の周囲に魔力波が放たれ、周囲の空気を揺らしていった。

そして……。

「【テイム】」

二人が唱えた瞬間、集まっていた魔物たちの空気が変わった。

「なるほど」

シャナルは数を稼《かせ》ぐことにしたようだ。

知能のない魔獣と呼ばれるほとんど動物のような存在や、コボルトやゴブリンといった小型種を引き受けてくれたらしい。

「はぁ……はぁ……たった数百でこんなに魔力を……兄さんはこの倍の数を涼《すず》しい顔でテイムしていたというのに……」

「ヴィートの分だろ？」

「それだけではありません……」

倒れそうになるシャナルを支えてポーションを飲ませていると、母さんの周りにはテイムに応じたと思われる魔物たちが集まってきていた。

が……これは……？

「植物系の魔物と虫系の魔物を優先的にテイムさせていただきました」

「ああ……でも……」

それで良いのだろうか？

どちらかといえばテイマー側への貢献《こうけん》が少ない魔物たちだ。こいつらをテイムするなら同じ数のゴブリンをテイムしたほうがいいくらいの……。

「ふふ。私もまだ貴方《あなた》の世話になりっぱなしで過ごすつもりはありませんからね。少しは役に立ちますよ」

「考えがあるなら任せるよ」

母さんなりに考えがあるなら素直に頼りにしよう。

さて……。

「じゃあやるか」

「兄さん……これ、私たちじゃ足しにならないくらい多いですよね……？」

「んー……」

見渡す限りの魔物たち。

その数はざっくり一万程度だろう。

「大丈夫だよ」

「まあ、兄さんならそうでしょうけど……でも一応少しずつやるとかその……」

「【テイム】」

あれ？　なんかシャナルが言いかけてたけど……。

「大丈夫だったよ」

「そんなあっさり……」

無事終わったなら良いだろう。

シャナルはなぜかため息をついていたが……。

「お……？　これは……」

「どうかしましたか兄さんっ!?　やっぱりどこか体調が……」

「いや……逆だ」

「逆……？」

力が溢《あふ》れてくるのだ。

ドラゴンまで世話していた王宮のことを考えれば正直、今回の魔物たちでそう大きな変化が得られるとは思っていなかった。

「引き継いできただけの使い魔ではなく、貴方が自《みずか》らテイムしたからそうなったのでしょう」

母さんが俺の様子を見てそんな推測《すいそく》をした。

「じゃあ兄さんは今まで【テイム】の恩恵なしであの身のこなしだったということですか……？」

「そうではないと思うわ。少しくらいは恩恵もあったはず……でも自分でテイムするのとただの引き継ぎでは大きな差があるということでしょうね」

なるほど……。

ちょっとした全能感すら覚えるほどの力が身体《からだ》に流れているのを感じて気分が良くなる俺だが、その様子を見ていたシャナルが再びため息を吐きながらこんなことを言った。

「しかも兄さん、ここに来るまでにテイムした千匹程度じゃ影響がなかったということですよね……」

「そうなるの……か？」

確かに最初にゴブリンたちをテイムしたときには何も感じなかったな。

「はぁ……また兄さんとの差が……」

負けず嫌いだなぁ……シャナルは。

「とりあえずゴブリン以外にも仕事をしてもらいながら、俺たちの住む場所を作ろうか」

「ご主人様。僭越《せんえつ》ながらご主人様の支配下にあるゴブリンたちをお借りしてご主人様方の住居は先んじて作らせております。ひとまず雨風をしのげる最低限のものを優先して作らせましたので、こちらへ」

「さすがロビンさん……」

ゴブリンにざっくり指示はしたものの優先順位までは考えてなかったな。

新たにテイムした魔物たちにもとりあえず先行部隊のゴブリンたちの補佐《ほさ》を命じてロビンさんのほうに改めて向き直る。

「ありがとう。じゃあ行こうか」

「私もなにか……兄さんの役に立たないと……」

「いまもヴィートが周囲の警戒《けいかい》をしてくれてるんだから十分だよ」

「ですが……」

ぶつぶつ呟《つぶや》くシャナルと、朗《ほが》らかに微笑《ほほえ》む母さんを連れて、ロビンさんの後を追った。

「数と索敵《さくてき》はともかくとして……いざ敵が来たときに戦える魔物が欲しいな」

一万の魔物をテイムした恩恵により、今の俺は単体でもそれなりに戦うことはできる。

それこそ並の冒険者や騎士団員よりは強い自信があるが、それでもここは森の奥地だ。周辺の魔物のことを考えるともう少し戦力は必要だろう。

それに暗殺を考えているであろうビッデルへの対策も必要となると、それなりの戦力は手元に置いておかなくてはならない。

「暗殺を警戒《けいかい》しながら強い魔物……育てたほうが早いか……？」

ゴブリンがホブゴブリンになったように、新たにテイムした魔物たちも強くはなっていくだろう。その中で見込みがありそうなのを手元に……。

そんなことを考えていると俺のもとに二体、お客さんがやってきた。

手紙を持った鳥型の魔物と、おそらく使者としての役割を持った精霊だ。

「……やけに早いな」

この場所を捕捉《ほそく》してくる相手が現れるのはもっと後かと思っていた。

今このタイミングで現れる来客が良いものであるはずはないと思いながらも、暗殺を考える相手が事前に便りを寄越《よこ》すとは思えない。

じゃあ一体……。

「とりあえず見るか」

精霊は後回し。やってくるなりくつろぎ始めて、見るからに時間に余裕がある様子だ。

遠慮なく鳥の方に近づき手紙を開く。

すると……。

「……ミリア様か」

同じテイマーということで何かと世話になった王女様だった。

だが同じテイマーというのがそのまま、彼女にとって王宮での生活を良くないものにする理由になってしまっていたのだが……。

「わざわざテイマーと名乗りさえしなければ普通に王女として生活できたというのに……」

ミリア様の扱いははっきり言って下級貴族……つまり王宮内における最下層と同じようなものになっていた。

理由は明確。すでに俺の代では、宮廷テイマーが国にとってお荷物として軽視されていたからだ。

だというのにミリア様は俺に色々と便宜《べんぎ》を図《はか》ってくれ、代わりにテイムの技術を教えろと近づいてきたのだ。

それこそ王家の威光《いこう》を存分《ぞんぶん》に発揮《はっき》して……。

「結果的にこんな手紙を出さないといけなくなるとは……」

我が家は持っている財産の莫大《ばくだい》さで、ある意味ではミリア様に守られながらもミリア様を守る役割を果たしていたんだろう。

どうやらミリア様は王宮で完全に孤立《こりつ》したらしい。

内容は王家としての謝罪と、なんとか戻ってきてほしいという嘆願《たんがん》だった。

だがとてもじゃないが王国関係者には見せられないような過激な文言《もんごん》も記されている。

「よほど信頼できる使い魔だったんだな……お前」

撫《な》でてやると目を細めて頭を押しつけてくる。よく慣れていて可愛《かわい》い子だった。

「さてと……」

改めて手紙を見る。

宮廷テイマーだった俺がいなくなってから、王宮の生き物たちはすでにテイムを解除するのに十分なほど不当な扱いを受けているという。

代々引き継がれてきた生き物たちだ。丁重《ていちょう》に扱ってさえいれば俺のテイムが切れてもほとんどは言うことを聞いたはずなんだ。

それがもはや、崩壊《ほうかい》寸前だという。

「手紙の時点でということはもう暴れていてもおかしくないか……」

手紙の続きはこうだった。

『これだけの戦力を相手に対抗できる騎士団など我が王国は有しません。

ですがユキアさんならば、王宮の危機を救うことができるはずです。

いえ、ユキアさんならば被害も出さずに解決できるかもしれませんが……被害は出してください。

報《むく》いを受けるべき人間が報いを受けたのち、ユキアさんが王国を救うのです。

そうすれば流石《さすが》の父も待遇を改めるはず……ユキアさんに対する不当な扱いを改め、再び迎え入れるはずです……！

どうか、身勝手な願いですが王国をお救いください。

どうか……』

この手紙を見るだけでミリア様に何が起きているか想像できる……。

王宮での発言権はもう、全くなくなったんだな……。

「さてどうしたものか……まあとりあえずはそっちの話も聞こうか」

精霊の方に顔を向けると、空中でしゃがんだ姿勢を作って待っていた身体《からだ》をゆったり起こしてこちらに近づいてきた。

「待たせて悪い」

「良い。王が会いたがっている」

精霊は淡々《たんたん》とそう告げる。

「王……」

「人間は王を、エルフと呼ぶ」

「エルフっ!?　待て、エルフがわざわざ使者を出したのか……!?」

エルフって人間との関《かか》わりを避けて森の奥深くの里から出てこないはずじゃ……しかも王って言ったか……?

「エルフの王が来るってことだよな?」

「そうなる。三年以内に来る」

「三年以内……？」

「エルフは流れる時間が違う」

「なるほど……」

まあ、だとしたら気長に待つしかないか。

エルフの里にこちらから近づくことはできないしな……。

となると……。

「国を救う気はないけど、ミリア様だけはなんとかしたいところだな……」

「どうしたんですか兄さ——えっ、精霊!?」

「シャナル……ああ、シャナルと母さんに相談して決めようか」

「決めようかって何を……？　それよりお客さんです兄さん！」

「え……？」

どうやら考える時間も与えてくれないようだった。

さて次は一体……。

◇

シャナルの案内で森を進んでいく。

テイムした魔物たちは割とうまく作業を進めている様子だった。

「やはり数が多いと作業は早いですね」

「魔法が使えるのも結構いたんだな」

見ていると作業が効率よく進んでいるのは土魔法を中心とした魔物たちの魔法によるところが大きい。

「この分だと兄さんもかなり魔法が使えるようになっていそうですね」

「そうか……意識してなかったけどそうかもしれないな」

「私もかなり体力が変わりました。テイマーの醍醐味《だいごみ》ですねぇ」

上機嫌でシャナルがそう言う。

確かにこれは他のスキルにはないメリットだろう。

とはいえうちの家が特殊なだけで普通はこの恩恵ってそんなに大きなものにならないって、ミリア様が言ってた気がするな……。

「さて、そろそろですが……心の準備は良いですか？」

「心の準備？」

「はい。さすがの兄さんでも驚くんじゃないかと思いますので」

「そんな相手なのか……」

いやまあシャナルには申し訳ないが大方《おおかた》予想はついていているんだ。

俺の肩に乗ってついてきたこの精霊のおかげで。

「王。近い」

「やっぱりなぁ……」

「え、兄さん気づいていたんですか？」

そんなやり取りを交わしながら進んでいくと、視界に白馬と家臣《かしん》団と思われる数名を引き連れたエルフの貴公子が現れた。

伝承《でんしょう》で聞いていた通り、先頭の王と呼ばれたエルフを始め全員がとてつもなく整った顔立ちをしている。

色素が人間のそれよりも薄く、神秘的に透き通っているようにも見えてなんというか……おそらく同性であろう目の前のエルフに美しいという感想が漏《も》れるような、そんな相手だった。

「ここの主《あるじ》、で良いのだな？」

「そういうことになるのかな？　聞いていた話より随分《ずいぶん》、早かったけど」

「ああ、どうやら私はせっかちなようでな……エルフの中では特にだ」

口ぶり、態度、立ち姿、その全《すべ》てに威厳《いげん》のようなものが感じ取れる。

後ろに控《ひか》える数名のエルフからは若干《じゃっかん》ピリピリした雰囲気《ふんいき》を感じるが、まあ心中は察する……。

それにしてもほとんど幻獣と同じ扱いだったエルフとまさかこうして対面することになるとは……。国外追放もされてみるものだな。

……いやそれは違うか。

「悪いけど、もてなす用意ができてない」

「構わないさ。私はもてなされるために来たんじゃあない」

「――!?」

その瞬間、相手の気配が一変する。

「シャナル、下がれ！」

さっきまで優雅《ゆうが》に立っていただけだというのに、何の詠唱《えいしょう》も準備もなかったというのに、そのエルフの周囲に強烈な魔力波が吹き荒れたのだ。

◇

「森へあだなす存在は何人《なんぴと》たりとも排除《はいじょ》せねばならない」

「問答無用か……」

最悪の展開だ。

これならビッデルの暗殺者を相手にしたほうが幾分《いくぶん》マシだった。

「シャナル、母さんを連れて逃げろ！　この森を抜けろ！」

「兄さんは!?」

「後で追いかけるさ」

できもしない約束ではあるが、目の前の存在が場所を譲《ゆず》るだけで見逃してくれることを祈る。

だが……。

「我々が姿を見せた時点で、もう全て終わっているのだ」

「なっ!?」

シャナルを逃がそうと押し出したその先に、ありえない角度で大木が倒れ込んできたのだ。

「折った……んじゃあないな、曲げたのか」

「森はエルフとともにあるのだ。人間に、ましてや魔物たちに好き勝手させるわけにはいかぬ」

「待て。俺たちは別に森を荒らす意思は……」

「ふんっ！」

話を聞いてくれる様子もない。シャナルを逃がしてくれる気もない。

だったら……。

「兄さん……!?」

「やるしかないか……」

テイムを済ませておいて良かった。一万匹の従魔たちの力が流れ込んできているおかげである程度動ける。

あとはあまりやりたくはないが……宮廷で世話をしていた竜たちを呼び寄せようと思えばできなくはない。そうすれば俺が手放していたテイムの恩恵も得られて、多少はマシな動きができるようにもなる。

まあそれでもなお勝てるビジョンが思い浮かばない相手ではあるんだが……。

どうしたものかと頭を悩ませていると、思いがけぬ援軍が現れた。

「王。これは敵じゃない」

精霊。

使者として少し話しただけの、名も知らぬ精霊が突然俺とエルフの間に立って俺を守るように手を広げたのだ。

守るにはあまりに小さなその身体で。

これでは犠牲《ぎせい》が一つ増えるだけ、そう思ったが……。

「ほう……」

エルフが力を抜いたのがわかった。

「リーレンがかばうほどの存在か……？」

「この人間なら、ユグドルは変わる」

ユグドル……いくつか存在が噂《うわさ》されるエルフの里の中でも最大規模の……いや、知られている唯一《ゆいいつ》の、エルフの国の名だ。

この森の近くにあったのか!?

「人間……名は？」

「ユキアだ」

魔力という名の矛《ほこ》を収めたエルフが改まってこう言った。

「ユキアよ……非礼を詫《わ》びよう。私はエルフの国、ユグドルの王、レイリックだ」

「レイリック……か」

「このような状況で申し訳ないが……一度話をしたい」

こちらも聞きたいことはある。

それにこれは、場合によってはチャンスだった。

どう答えたものか悩んでいるとレイリックが頬《ほお》をかきながらこんなことを言った。

「良い茶葉を持ってきたのだ。座る場所さえあれば……」

なるほど。冗談も言える相手か。

あまり得意そうではないけど……。

「とてももてなしができるような状況じゃないけど……それでも？」

そこまで言ったところでロビンさんがどこからともなく現れた。

「あちらに簡易ながら応接間をご用意しております」

「ほう。気配すら感じさせぬ執事《しつじ》か……優秀だな」

レイリックがロビンさんを褒《ほ》めると後ろに控《ひか》えていたエルフの一人がこう言う。

「若様は私ではご満足いただけませんか」

「からかわないでくれ。じいや以上の執事なんて大陸中探したって見つからないだろう」

じいや、と呼ばれたエルフも服装が執事服っぽいことと雰囲気が落ち着いていることを除けば普通に若い男にしか見えないことに違和感《いわかん》を覚える。

だがそのおかげか、レイリックの表情がまた一段と柔らかくなっていた。

正真正銘《しょうめい》じいやであるロビンさんの先導でひとまず移動ということになった。

ロビンさんの案内で現地に向かうとホブゴブリンたちが木や岩を使って器用に机と椅子《いす》を作り出した空間が用意されていた。

というか何体かのホブゴブリンとオークがロビンさんの指示でまるでベテランの使用人のようにテキパキ動き出していたのに驚く。俺のテイムの影響下にあるとはいえ魔物の扱いがうまいな……。

こちらは俺とシャナル、そして母さんと、向こうはレイリックの他に一人、フードで顔を隠した小柄《こがら》なエルフが並んでいた。後ろにはそれぞれ使用人たちが立ち並ぶ。

うちの後ろはロビンさんと何故《なぜ》か誇らしげなホブゴブリンたちが並ぶという異様な光景だったが。

「さて……改めて、先程はすまなかった」

頭を下げるレイリック。

「いや、お互い怪我《けが》もなかったんだ。頭を上げてくれ。それに俺たちも自覚なく領域を荒らしたんだろうし……」

事情が見えてこない部分はあるがここがエルフの森に該当《がいとう》するであろうことはなんとなく想像できた。

「我が国は幾度《いくど》も侵入者を拒《こば》んできた……理由は人間に数で攻められた時、まるで太刀打《たちう》ちできないからだ」

「エルフはやっぱり数が少ないのか……？」

「いや……まあ良い。ユキアはリーレンが信頼した人間だ。話そう。エルフは森を焼かれればその力をほとんど発揮《はっき》できない。その事実だけで、人間は勝機を見出《みいだ》すだろう」

「そうなのか……」

確かにさっきもあれだけの魔力を見せておきながらこちらに繰り出したのは木々を歪《ゆが》める魔法だけ……いやあれもとんでもない技《わざ》ではあるが……。

「我々は森とともにある。森がなくなればエルフは死ぬと言っても良い」

「そうだったのか……」

だとすれば人間を警戒《けいかい》するのは決して間違いではないだろう。

人間にとって森は切り拓《ひら》く場所だ。決してともに生きようなどとは考えない。

俺のような特殊な事情のものを除けば……。

と、そこでレイリックの隣に控《ひか》えていた小柄なエルフがフードを取った。

「兄様……その……紹介を……」

顔を隠すようにうつむきながら、消え入りそうな声でなんとかそう言葉を紡《つむ》いだ。

俺はその様子を見て少し目を奪われていた。その容姿と雰囲気《ふんいき》に。

他のエルフ同様かなり整った顔立ちであることはそうなんだが、他のエルフとは異なるどこか神秘的な空気を纏《まと》っているのだ。

そのせいかはわからないが、全体的に儚《はかな》い印象を与える。おそらくその態度や口調も相《あい》まって、だが。

「ああ、悪かったエリン。そうだな。我々はお互いの名前すらろくに知らなかった」

今の流れからすると隣の子がエリン、妹ということか……。

「私はレイリック、こちらは妹のエリン。一応王と王妹という立場になる。後ろに控えるのは家臣《かしん》団だ。また改めて紹介させてくれ」

なるほど。

後ろに控える家臣団は五名。一人はさっきの執事《しつじ》。全員容姿が整っているし、若々しいせいで年齢の予想ができないが……。

それより気になる単語があったな。

「一応といったか……？」

「ああ。我々の国は王はいるが、王が全《すべ》てを決めるわけではない。ほとんどのことは選ばれた長老たちが主導して決めていく。長老会と名はついているが若いのも含めて色んな意見が集まる場所だ。私もまだ三百歳の若手だが……」

三百歳が若手……。

まあその辺《あた》りはもう突っ込みだすと切りがないだろう……。

まずはこちらも自己紹介をしよう。

「俺はユキア＝レインフォース。こっちが妹のシャナル、母のシャーラだ」

「なるほど。君が王でいいのかな？　ユキア」

「いいのか？」

「どう見てもそうでしょう」

「私も異論ありませんよ」

「と、いうわけだ」

シャナルと母さんが同意してくれて一応王ということになったらしい。

そんな大それたことをしているつもりはなかったんだが便宜《べんぎ》上そう名乗るしかないか……。

「ではこのレインフォース領の王、ユキアに、ユグドルの王、レイリックより提案だ」

「提案……？」

「ああ。我が国、ユグドルとの間に、同盟を結ばないか？」

「同盟……」

思いがけない提案だった。

意図が見えないが……。

「警戒するのも無理はない……。だが簡単な話だ。双方が不可侵《ふかしん》を誓《ちか》う。そしてこれは私の個人的な興味の話だが……ユキアとの間になにか繋《つな》がりを持っていたいと感じた。リーレンが人に懐《なつ》くことなどあり得なかったからな」

「なるほど……」

どうやらいつの間にか精霊に好かれたのが功《こう》を奏《そう》したようだ。

そんな素振りなどほとんど見えなかったけどな……。

「どうだ？」

「相互不可侵は助かる。エルフとの同盟なんて光栄な限りだ」

こちらになんの不利益もないのだ。迷うことはないだろう。

答えた途端《とたん》、卓上に突如《とつじょ》魔法で生み出された書面のようなものが空中に浮いた形で表示された。

「魔力を込めて同意の意を示してくれれば、魂《たましい》に盟約が刻《きざ》まれる」

「契約魔法……人間じゃ扱いきれない高度な魔法だ……」

「そうなのか？　ユキアならいずれ身につけそうだがな」

どうもレイリックにはだいぶ買い被《かぶ》られているようだが……精霊に好かれるというのがこうも大きいとは思わなかったな。

念のため魔法の内容を確認するが、こちらから確認できる範囲では、おかしな点は見当たらない。

その様子を見ていたエリンがこう口を出してくれた。

「安心してください……。この魔法は、相手を騙《だま》すのには使えないです……。私たちは精霊と契約して、精霊を通じて魔法を使います。精霊は嘘《うそ》を嫌います。ですので……」

「ありがとう」

「はぅ……」

きっと一生懸命喋《しゃべ》ってくれたんだろう。

限界を突破したのかまた顔をうつむけるエリン。可愛《かわい》らしいな、何歳年上なのかわからないけど……。

「精霊はエルフにとってのパートナーというわけか」

「そうなる。リーレンは私の契約した精霊の一人で、中でももっとも気難しい子だ」

どうしてそんな子を使者に送り出したんだという思いはあるが、結果的に助かったわけだし文句は言えないな。

「兄さん、本題を忘れないでください」

「ああ、そうだった。魔力を込めて同意……こうか？」

そんなことやったこともなかったからイメージだけで行ったが、書面に変化が見えたということは正解だったのだろう。

一瞬まばゆく光った契約の書面は、そのまま俺とレイリックに吸い込まれるようにして消えた。

「よし。これで正式に、この領地とユグドルは同盟国ということになる……改めて、よろしく。ユキア」

「ああ。よろしく、レイリック」

握手を交わし合う。

「さて、同盟も結んだ上で話がしたい。ユキアがなぜこんなところにこれだけの戦力をそろえてやってきたのか、なぜリーレンが信頼するに至《いた》ったか……聞きたいことは山ほどある」

そう言うレイリックに答える形でこれまでの顚末《てんまつ》を話していくことになった。

俺もエルフについては知らないことが多い。可能な範囲で教えてほしいな。

◇

「なるほど……。王国は馬鹿《ばか》なのか」

「身も蓋《ふた》もないな……」

レイリックに伝えたのは俺が宮廷テイマーをやっていたこと、その任を解かれて国外へ追放となって逃げるようにこの地に転がり込んだことだ。

当然その背景を伝えれば敵対勢力の攻撃も予想できるんだが、それについてはレイリックは笑いながらこう言った。

「放っておけばよいだろう。まさか今のユキアに手出しなどできぬし、私がさせぬ」

「できない……か？」

「自覚がないのか……。これだけの大戦力……はっきり言って今回、私は決死の覚悟でやってきていたのだぞ。全面抗争になれば繁殖《はんしょく》能力の低いエルフでは再起ができない可能性を考え、王との一騎打ちのためにやってきたんだ」

「そんなにか……？」

どうやら俺が集めた、というより勝手に集まってくれた魔物たちはいつの間にかエルフが脅《きょう》威《い》に感じるほどの大戦力になってしまっていたらしい。

「どうしてもと言って止めるのを聞かずにやってきたのが今回のメンバーだ」

なるほど道理で気が強そうなのが多いはずだ……。

エリンはその限りではないが、それでもどこか芯《しん》を持った子なんだろう。

「ただ、俺はこれだと足りないと思ってる」

「お前は神にでも喧嘩《けんか》を売るつもりか？」

「まさか……ただレイリックがそう踏んだように、俺個人が弱い……」

レイリックがもし暗殺を選んでいたら。

何のためらいもなく一捻《ひとひね》りにしようと考えていたら……俺はここにはいなかっただろう。

「なるほど……」

「テイマーの秘密を話そう」

レイリックは信用に足る人物だ。

そう考えて相談込みで話をすることにした。

「俺はテイムした魔物から力を得て強くなる」

「なにっ!?　では……」

「強力な魔物をテイムすれば、魔物が戦力として増えるだけじゃなく、俺自身が強化されるんだ」

「それは……とんでもない力だな。エルフは生まれながらにして決まった力しか持たない。人間は成長力が強いと思っていたが、それでもそんな形で強くなれる存在を私は知らぬ……」

レイリックの言葉の端々《はしばし》にも驚きが見て取れたが、それ以上に後ろに控えていた家臣団が驚いている様子が見受けられた。

「そんな力が人間ごときにっ!?」

言葉を発したのは後ろに控えていた短髪のエルフだった。

レイリックがすぐさまそれを叱責《しっせき》した。

「アドリ、私の友人を侮辱《ぶじょく》する気か？」

「いえ……失礼いたしました……」

アドリと呼ばれたエルフはそれでなくても白い肌《はだ》を真っ青にして姿勢を正した。

敵対した時に感じた容赦《ようしゃ》のなさは同族にも向けられるようだな……。

「すまなかったな」

「いや、気にしてない」

むしろエルフがこちらをどう認識しているかわかってありがたいくらいだ。

「ユキアのテイム……どの程度の相手まで通用する？」

「どの程度……考えたこともなかったな」

俺の代わりにシャナルが答えた。

「兄さんはテイマーの中でも規格外です。ドラゴンの群れくらいなら一発でテイムしてしまいますよ」

「ドラゴンを？　そうかそれならば……」

言いかけたレイリックを遮《さえぎ》るように後ろにいたエルフが声を上げた。

「陛下《へいか》！　まさかあの怪物を……!?」

「怪物……？」

気になる単語が出てくる。

レイリックがニヤリと笑いながら説明を加えてくれた。

「君たちの言葉で言うなら……聖獣、あるいは神獣か……持て余している怪物がいるんだ」

「神獣……」

「ああ。神というのは必ずしも我々に笑いかけてはくれなくてな……幾度も国を危機に陥《おちい》らせた。いまは世界樹の魔力を使って封じてある」

「そんな存在……いや、待てよ……？」

「人間にも伝わっているか？」

確信はない。

だが想像はつく。

神話で語られる伝説の存在に、人もエルフもドワーフも、あらゆる種族を滅ぼさんと暴れた魔物がいると……。

いや正確には暴れたわけではない、ただ動いただけで大きな被害をもたらすような、そんな存在。

「四獣……封印《ふういん》したってことは、霊亀《れいき》か？」

「御名答」

神話の世界の魔物だ……。

伝承《でんしょう》を信じるならドラゴン百体はくだらない怪物だぞ……？

「君にとっては足りない戦力を補強するチャンス。我々にとっては厄介《やっかい》な魔物を始末《しまつ》するチャンス……どうだ？　悪い話ではないと思うが……」

「いやいや待ってくれ……。いくらなんでも……」

俺の言葉を遮ったのはシャナルだった。

「兄さんならできるでしょうね……」

「ほう？」

「おいシャナル！」

そして追い打ちをかけるように、エリンがこう言った。

「私の精霊も……ユキアさんならできると……」

「決まりだな」

レイリックが席を立つ。

「いつでも良い。その気になったら言ってくれ」

「……わかった」

そう答えるしかないだろう。

もうこうなったらうまく利用させてもらうとしよう。

「なら今すぐ行こう。ここから世界樹まではどのくらいかかる？」

俺の答えを待っていたと言わんばかりにニヤッと顔を歪ませて、レイリックがこちらを振り返った。

「こいつを乗りこなせるというのなら、半日もかからんな」

そう言って連れてきていた馬を撫《な》でる。

綺麗《きれい》な馬体をした白馬……だと思っていたが……。

「ペガサス……？」

「正解。空を駆ければすぐだ」

こうも次々に幻獣やら神獣やら……いや、そもそもエルフがそういう存在か。

「乗りこなす……って話だったけど、俺はテイムしかできないぞ？」

「構わないさ。場合によっては一頭くらいは譲《ゆず》るつもりで連れてきたからな」

なんとも豪快な話だな……。

エルフにとって幻獣の価値がどの程度のものかはわからないけど……。

と、そこで家臣団たちの顔が目に入る。

どれもレイリックほど友好的とは言えない表情でこちらを見ていた。いや、このペガサスで俺を値踏《ねぶ》みするつもりか。

「じゃあ遠慮なくもらおう」

ペガサスの光り輝くような美しい馬体に手をかけると同時にテイムを行う。

すぐに応《こた》えるように頭を下げてこちらに甘えてきてくれた。

「なっ!?　そんな……一瞬で!?」

その様子を見てアドリと呼ばれていた若いエルフが目の色を変えた。

「ははっ。先を越されたではないか」

レイリックが笑う。

「先を越された……？」

「ああ、アドリはまだペガサスに認めてもらっていなくてな……一人では乗りこなせずにいたのだ」

なるほど……。

さっきの発言から考えるとアドリにとって見下す対象である人間に先を越されたのは相当堪《こた》えるのではないかと思い、恐る恐るその表情を盗み見たが……。

「兄貴……！」

「え……」

何故か目をキラキラさせてそんな言葉を口走っていた。

「兄貴！　さっきはすいませんでした！　あのペガサス、うちじゃあ手に負えるのなんて陛下くらいの暴れ馬で……」

おいレイリック……。

せめてもの抵抗で睨《にら》むがどこ吹く風だった。

「こんなあっさりこいつを従えちゃうなら、あの化け物だって……」

「ふふ。つくづく精霊に気に入られるな？」

「精霊？」

「アドリはエルフと精霊のハーフ……ああ、エリンもそうだ。よく懐いているじゃないか」

「あぅ……」

思わぬとばっちりで首をすぼめて顔を赤くするエリン。

「精霊に好かれる王……良いことだ。霊亀の件も簡単に片付けてくれることを期待しよう」

かき乱すだけかき乱してさっさとペガサスにまたがるレイリック。

残されたエリンは可哀相《かわいそう》なくらい縮《ちぢ》こまっていた。

◇

「兄さん、私も連れて行ってください」

「いや、シャナルはこっちにいてもらわないと。俺がテイムしたとはいえ、ほったらかしじゃあ効果が切れるだろう？」

「それは……」

うつむくシャナルにレイリックがこんなことを言う。

「エリンとアドリをこちらに置かせてもらえないか？」

「二人を……？」

二人の意思は、と思ったが二人とも目を輝かせているのがわかった。

「私も定期的にここに来させてもらいたいとは思っているが、足がかりとしてまず二人をと思う」

「本人たちが望むなら構わないけど……二人にエルフのことを聞いて、こちらに過ごしやすい場所も作るか」

「ありがたい。いずれはこのレインフォースの多種多様な領民たちと我々エルフが自由に行き来をできるようになればよいのだがな」

「随分《ずいぶん》とエルフらしくない発言に思えるな」

俺が知るエルフは排他《はいた》的で保守的で……何より時間の感覚が違う彼らは人間からすれば動きが遅い印象だった。

レイリックはそのあたり、まるで違うようだ。

「どうやら私も君の精霊を惹《ひ》きつける力にやられたのかもしれないな」

「レイリックもハーフエルフなのか……？」

「いえ、若様は生粋《きっすい》のハイエルフですよ」

「ハイエルフ……そういうことか……」

エルフより珍《めずら》しい……というか実在すら危ぶまれる神話級の存在じゃないか……。

もう存在の格が違いすぎて精霊や天使、悪魔のような存在に近いと言われているはずだ。

「さあ、行こうか」

話しながらも準備を整えていたレイリックとその家臣団がペガサスにまたがる。

「シャナル。二人は国賓《こくひん》、これをもてなせるのはシャナルしかいない」

「わかっています……ですが、気をつけてください。神獣なんて無理はしなくて良いですから、とにかく無事帰ってきてください……」

「わかってるよ」

久しぶりにシャナルの頭をくしゃっと撫でて俺もペガサスにまたがった。

「じゃあ、行ってくる」

母さんとシャナル、ロビンさん……それからエリンとアドリにも送り出してもらう。

神話の怪物相手にどれだけやれるかわからないができる限り頑張るとしよう。

崩壊する王国【王国視点】

王宮は地獄絵図と化していた。

「飼育係は何をしているんだ!?」

「くそっ！　どうして王宮で魔物と戦う羽目《はめ》に……」

「おい！　救護班急げ！　こっちだ！」

魔物たちの暴走はほとんど同時に始まった。

ユキアが王国を離れたことで、惰性《だせい》で残っていた【テイム】の効果も完全に切れ、そこに加えてエレインをはじめとした飼育員たちの舐《な》めた態度についに国に仕《つか》えていた従魔たちが反旗《はんき》を翻《ひるがえ》したのだ。

「そんな……どうして……俺はうまくやったはずだ……あいつにできて、俺にどうしてできない!?」

頭を抱えたのはエレインだった。

「おいてめえ！　てめえのせいで俺たちは……！」

「やめろ！　くそっ！　だがこいつがレインフォースを消したんだったな……テイマーなんて金の無駄遣《づか》い、だったか？　てめえらこれでいくらの損害《そんがい》になるかわかってんだろうな？　覚悟しとけや」

エレインに迫ったのはまさにいま修羅場《しゅらば》を鎮圧《ちんあつ》するために犠牲《ぎせい》にならざるを得ない騎士たちだ。

本来であれば自分たちが乗りこなすはずだった竜や馬、敵国に放つ魔物と生身《なまみ》で戦う必要に迫られているのだ。

エレインがここで暴走した騎士団たちに殺されていないのは運が良いと言えた。

無論、何発かもらってはいたが……。

「くそっ！　あいつが……！　全部あいつが悪い……！」

エレインは目の前の惨劇《さんげき》から目を逸《そ》らすように現実逃避を始める。

「今まで暴走なんてしなかったんだ……！　これは……これは国家への反逆！　あいつが、あいつが操《あやつ》ってこんなことに……！」

その哀《あわ》れな、全く見当違いなエレインの叫びに応《こた》えたのは、エレインと同じく後のない財務卿《きょう》、ビッデルだった。

「ふむ……全くもってそのとおりだ。エレインといったか？　よくぞそれに気がついたな」

突然声をかけられたエレインが固まる。

「ビッデル……卿……？」

「ああ、君の父さんには世話になってるよ」

「いえ……そんな……!?」

思わぬ大物の登場に焦《あせ》るエレイン。

すぐさま姿勢を正した。

「心配せずともこの程度の事故の鎮圧など造作《ぞうさ》もない。我が国の騎士団は優秀なのだ」

「は……はい！　そう思います……！」

宮仕えの貴族である父を持つエレインだが、こうも身分の高い相手と対面して話す機会などなかった。

緊張で固まるエレインにビッデルはあくまで優しく微笑《ほほえ》みかける。

「確かに復興に金はかかるが……何、心配はいらない。全《すべ》てレインフォースが悪いのだ。金だけは持っているあの使えない男に全て責任を取らせれば良い」

「そっ！　そうです！　あいつは何の役にも立たないというのに偉そうで……！」

「ふふ……そこでだ。君に重要な役割を与えたいと思うのだが、どうかね？」

「もちろん！　何でもやらせていただきます！」

その返事を受けてニヤリとビッデルがその太った顔を歪《ゆが》ませる。

「良い返事だ……ここにレインフォースを、あの男を連れ戻せ」

「え？」

戸惑《とまど》いを隠さない無能なエレインに苛《いら》つきながらもビッデルは言葉を続ける。

「なに。責任を取らせるだけだ。君の役割を奪うためじゃない、安心なさい」

「はい……なるほど、私があいつを呼んで、今度こそきっちり始末《しまつ》を……」

「そのとおり。わかったら行くが良い。君はドラゴンの飼育員だったのだろう？　どうだい？　一頭くらい言うことを……」

そこまで言ったところでエレインの表情を見たビッデルは言葉を止める。

内心では悪態《あくたい》を吐きながらも笑顔を崩《くず》さずにこう言った。

「無理せずとも良い。あの男が裏で糸を引いているせいなのだから。だが馬くらいならなんとかなろう？　それで向かうのだ。やつは北方の森の中に身を隠している。手段は問わない。連れてきさえすれば私がなんとかしよう」

「はい……！　必ずや！」

飛び出すようにその場を離れたエレインを見送り、ビッデルの不満が爆発する。

「くそがっ……あの出来損《できそこ》ないめ……毎日竜の相手をするくらいしか仕事などないというのに一匹も操れないだと……？　無能にもほどがある……！」

そして改めて、目の前で起こっている地獄のような光景を眺《なが》める。

「とんでもないことになりおった……あの馬鹿《ばか》親子はあとでどうにかするとして……この問題の責任はなんとしてもレインフォースになすりつけねばならん……」

国内で騎士団を総動員する事態。

内外で大きな被害が予想されるこの緊急事態において、財務卿だからこそこれがどのような被害をもたらすかはっきりとわかってしまうのだ。

「レインフォースを追い出すことを推《お》し進めたのは私……降格は免《まぬが》れぬが、下手を打てば死罪……なんとしてもこれはレインフォースの反逆であることにせねば……」

ぶつぶつと呟《つぶや》きながら、その巨体を揺らして歩いていくビッデル。

「どうしたものか……」

もはやどうにもならぬこの惨劇を前に、ビッデルもまた現実逃避以上の行動は起こせないようだった。

エルフの国と霊亀

「ここが……世界樹か」

「ああ、想像と違うんじゃないか？」

「たしかに。普通の木をイメージしていたからな」

案内に従ってペガサスを走らせてたどり着いたその場所は、森の中とは思えぬ巨大な魔道具でできた空間だった。

世界樹は確かに木としてそびえ立っているのだが、レイリックたちの指示通りに進めば、その大木をすり抜けるようにして全く異次元の空間に飛び出せるのだ。

それが今、俺がいる空間だった。

「これじゃあエルフが幻《まぼろし》の生き物と言われるのも仕方ない……」

「精霊の加護を受けていなければ入れないからな。ここは玄関口であり、いわゆるロビーになっているが、上層階は住居や店が展開されている。最上階に王宮や長老会の施設などがある。

そして下が……」

「霊亀《れいき》の封印《ふういん》場所……いやこれもう、ほとんどダンジョン化してるじゃないか……」

禍々《まがまが》しいオーラだけは俺の肌《はだ》にもビシビシと伝わってきているのだ。

「常《つね》にこんな状況だ。私が生きているうちに封印も解かれかねないということでな……。実質、この封印が解けたときが国の終わりだと言われているくらいだ」

まあ確かに、この生活拠点《きょてん》の全《すべ》てを文字通り根底からひっくり返す存在がいるのだからそう考えるのも無理ない。

「少し休むか？　すぐに行くか？」

「すぐ行こう」

到着してから周囲のエルフや精霊たちの注目を集めているのが気になって仕方ない……。

囁《ささや》き声で耳に入るのは……。

「あれが人間……？」

「初めて見たわ……」

「貴方《あなた》、千年も生きていて初めて……？」

「おい……陛下《へいか》が人間をまるで友人のように……」

「とんでもない人間なんじゃないのか……！　伝承《でんしょう》にあった〝勇者〟みたいな」

「おお……すげえ！」

早くこの場を離れたい……。

変な目立ち方をしている。

「よし。では……じいや、すぐに動ける精鋭《せいえい》を五名」

「すでに」

「流石《さすが》はじいや……。じゃあ行こうか」

「お待ちを……まさか王自《みずか》ら向かわれるつもりですかな？」

進もうとしたレイリックをじいやと呼ばれた執事《しつじ》が止める。ここに来るまでに名前を教えてもらっていたがすっかりじいやで定着しているな……。たしかムルトさんといったはずだが。

「ユキア様にお会いになられるというだけでもおおごとでしたのに、封印の間《ま》に向かわれるなど……」

「私に友人にだけ危険な役目を任せろと……？」

「なりませぬ。ここはこの精鋭部隊にお任せを」

レイリックがムルトさんを睨《にら》む。

と、そこでムルトさんが連れてきたという精鋭の一人が声を上げた。

「俺たちを信用してくれないのかい？」

「当たり前だろう、ギント。お前は前回の任務を何年サボった？」

「たった三十年くらいじゃないか」

三十年……。

そして王に対してこの物怖《ものお》じしない様子……。

強いのは確かだが問題児というところだろうか。

だがそんな俺の予想はムルトさんの言葉で脆《もろ》くも崩《くず》れ去った。

「陛下。三十年程度で小言を仰《おつしや》られていては国が立ち行きませぬ」

常識人枠《わく》と思っていたが、どうやらここでは俺の常識のほうが異常らしい。

つまり俺の感覚に合わせられるレイリックのほうが異端《いたん》なのだ。

「……という状況だが、ユキア。私なしで行けるか？」

「ぜひ来てくれ、レイリック」

「貴様、人間の分際《ぶんざい》で王を呼び捨てだとっ⁉」

また別の精鋭の一人が凄《すご》むが、レイリックが手で制する。

「寿命《じゆみよう》という概念のある人間の客人に三十年もの時を浪費《ろうひ》させるわけにはいかぬ。私の付き添いの許可を待てばそれこそ数十年の時を要する……悪いが行かせてもらうぞ」

「陛下……」

ムルトさんが表情を険しくする。

集まった精鋭はむしろこのためだったかと思うほど見事に、レイリックと俺を素早く取り囲んでいた。

「力ずくででも止めさせてもらいますよ……」

それまで声を上げていなかったこれもまた透き通るような肌をした美形の男がレイリックに向き合う。

「ユキアよ」

こんな事態において、レイリックは笑っていた。

よほど余裕があるかと思いきや……。

「すまぬな。流石に私一人でこの人数は相手にできぬ。五人だけならともかくじいやはかわせぬだろう」

「諦《あきら》めるのか？」

「馬鹿《ばか》な。秘策がある」

そう言って耳を近づけてくるレイリック。

エルフの国においてなお目立つその美しい顔が迫ってくることに妙な緊張感を覚えさせられながらも、なんとかその言葉を聞き取った。

「本気か？」

「私は冗談は得意ではなくてな」

「そうだった……。なら遠慮なく」

レイリックの提案はこうだ。

――私をテイムしろ

「陛下！　ご無礼を！」

動き出しはほとんど同時、俺もレイリックの指示に従いこう叫んだ。

「【テイム】！」

「何っ!?」

勝負は一瞬だった。

レイリックが一瞬にして精鋭五人を鎮圧《ちんあつ》したのだ。その素早さはレイリックの輝くような容姿のせいか、光すら彷彿《ほうふつ》とさせた。

そしてその様子が目で追い切れたことから、俺の能力も大幅に向上したことがわかる。

だからすぐに気づいたのだ。

「ムルトさん……。悪いけど、やらせないよ」

「ほう……見事です」

俺の後ろに迫り人質に取ろうと動いたムルトさんの手を取り、逆に身動きを封じた。

「ムルト、長老会にはこう伝えよ。人間界の勇者がエルフの王と神獣霊亀を目覚めさせ、傘下《さんか》に置いたと。永《なが》きに渡る悩みから解き放たれ、今まさにエルフは真の自由を得たと」

「……御意《ぎょい》」

真の自由……か。

霊亀の存在がどれだけの影響を与えていたかが窺《うかが》い知れる一言だった。

とにかく俺とレイリックは、結局二人で封印の間へ足を踏み入れることになった。

◇

「なぁ、レイリック。このテイムはいつまで続けるんだ？」

なし崩《くず》し的に二人でダンジョン攻略を進めることになった道すがら、レイリックに尋《たず》ねる。

いまはこれのおかげで攻略が早くなってるから解く気はないが、いつまでもエルフの王をテイムしているというのもどうかと思う。

「ふむ……。別に不都合もあるまいし、むしろ私はこのままの方が都合がいいが」

「このままだと俺はおそらくエルフの王を洗脳した稀代《きだい》の悪魔として歴史に名を刻《きざ》むぞ」

「たしかにそうか。だがこの力を手放すのは惜《お》しい……」

逆に悪魔に魅入《みい》られた人間のようなことを言い出すレイリック。

そんな話をしながらもダンジョンと化していた世界樹の地下へどんどん進んでいく。

「重ね重ねすごい力だな、ユキアの【テイム】は」

「誰がやっても同じだと思うけど」

「馬鹿を言うな。ハイエルフの私を【テイム】できる術者がそうそういてたまるか」

そういう考えもあるか……。俺が身近で知っているテイマーはミリア様とシャナル、そして母さん……この三人では確かに厳しかったかもしれない。

父さんならどうだろうか？　わからないな。うちの家系はみんな歴代の使い魔たちを引き継いでいくのに忙しかっただろうし。

「にしてもさくさく進むな」

ダンジョンは当然トラップも魔物も出現する。

だが今の俺たちにはもう、ダンジョンに出てくる小物は足を止める必要もない相手になっていた。

「それこそ【テイム】の恩恵だ。私が以前ここに来たときは精鋭とパーティーを組んでいながら大苦戦した」

「全くそんな気配を感じないけどな……」

俺自身もまったく苦戦することがないだけになおさらだ。

これがハイエルフ……幻の存在とまでいわれる超越した力の持ち主をテイムした恩恵か……。

そう考えるとこれから相手取る霊亀が無事テイムできたらまた同じような力を得るのか？

やりすぎな気がするな……。

「ところで、あんな形で出てきて大丈夫だったのか？」

明らかにあとあと面倒《めんどう》なことになる抜け出し方だったけど……。

「ではあのまま手続きを待つなり、時間の経過に対する意識の違うあの者らと共に動いたほうがよかったか？」

レイリックは不敵に笑う。

この顔を見るに、あのムルトという執事の苦労が窺い知れるというものだった。

「まあそこは助かったけど」

「気にするな。結果的に霊亀を従えて帰れば長老会も文句は言わん。霊亀を見て手に負えぬと判断して引き返したとて、私が多少咎《とが》められる程度でユキアには手出しさせぬと誓《ちか》おう」

「いや、レイリックの発言権が下がると同盟国としては困るんだけどな」

「ならば、霊亀を従えれば良いだけだ」

簡単そうに言って笑うレイリック。

ちょうど今日はそこまでで休憩《きゅうけい》になった。

◇

ダンジョンの攻略を進め始めて数日経《た》った。

「追っ手もないものか」

「言ったであろう？　精鋭を集めたとてスムーズには追いかけられぬ。それに誰を行かせるか選んでいるうちに我々の攻略が終わるであろうよ」

「つくづくエルフってこう……」

「悠長《ゆうちょう》で怠惰《たいだ》だ。私がせっかちという者は多いがな」

人間たちが生き急ぎすぎているとも言えなくはないが、自分のやりたいことに関してはエルフに比べれば格段早いスパンでチャレンジできるのは良いことかもしれない。

そんな他愛《たあい》のない会話を繰り返してしばらく経つ。

地下へ地下へと潜っていくだけの比較的狭く単調なダンジョンだったが、レイリックとの話が弾《はず》んだおかげか退屈することもなくここまで来れた。

「あっという間だったな」

レイリックがそう言うと、それまで何もなかったはずの空間に突如《とつじょ》、扉のようなものが無数に現れる。

溢《あふ》れ出るそのオーラが、ここが目的地であることを本能に告げていた。

「先に進むものを試す試練か……しらみつぶしに開けるか？」

レイリックがまた笑う。

ずっとダンジョンにいるせいで顔が多少黒くなったがそれでもその笑顔は同性でさえ一瞬惹《ひ》かれるものがあった。もう流石に慣れてきたけどな。

「霊亀のいる扉はわかるぞ」

「ほう？　やはり、もう導かれているのだな」

レイリックの前に出て、吸い寄せられるように一つの扉の前に来た。

ここから何者かが俺を呼んでいる。

「外れを引けば未来永劫《えいごう》抜け出せぬトラップもあるというが……」

「それをしらみつぶしに開けようとしてたのか!?」

とんでもないやつだな……。

だとしたらもう少し慎重に選んだほうがと思ったが、すでにレイリックの手が扉にかかっていた。

「ふふふ。まあ流石にそんなものを引き当てるより先に到達すると思ってな。だが結果的にその必要もないようで何よりだ」

喋《しゃべ》りながら、なんの躊躇《ちゅうちょ》もなくレイリックが扉を開く。

そこには……。

「──っ⁉」

扉から見えたのは巨大な亀《かめ》の顔。その側面だけ。

それだけだというのに、その目でひと睨みされた俺の身体《からだ》は言うことを聞かなくなる。

「なるほど……。ユキア、いけるか？」

レイリックの声かけでなんとか正気に戻る。

「ああ……やってみる」

テイムは力の差がある相手にはある種、洗脳のような役割を果たすスキルだ。

動物相手であれば調教の手間《てま》を省《はぶ》く手段として用いられる。

だがこれが魔物相手となると、テイムは洗脳ではなく契約のスキルになる。

契約は双方にメリットが必要だ。俺の場合、テイムの恩恵として相手の能力を引き出せるため、それが決め手になるケースが多い。

だが……。

「神獣がこれ以上強さなんて求めないよな……」

そう思いつつも、一回目はとりあえずいつも通り強さを条件にテイムしてみる。

「【テイム】──ぐっ⁉」

「大丈夫か！」

【テイム】を試《こころ》みた瞬間、俺は一瞬意識を奪われた。

俺は正直神獣を舐《な》めていたかもしれない。

霊亀に契約を持ちかけた途端《とたん》、頭が割れるほどの情報を流し込まれたのだ。

それは拒絶ですらない──単純な条件提示だったにもかかわらず、こちらの体力を大いに奪い取った。

「はぁ……はぁ……悪い、ちょっと休ませてくれ……」

「ああ……」

立っていることもできずその場にしゃがみ込む。

霊亀は何をするでもなくただこちらを横目に眺《なが》めていた。

「一体何が……」

すぐそばに寄り添ってくれたレイリックに回復薬をもらいながら頭を整理していく。

流し込まれたのは霊亀が生きてきた何万年もの歴史だった。脳が全てを処理するのを諦めたおかげで俺の頭は守られたが、その分、断片的な情報だけが残っている。

霊亀は神獣としての生を受け、基本的にはそこに生まれた生物たちを見守る立場にあったという。

他の神々に比べればかなりこちら側、亜人《あじん》を含む人類側の存在だった。だが文明を興《おこ》した人類や亜人たちは活動領域を広げ、ついに神獣たちと活動領域が重なる。

そうなった時に霊亀はその巨軀《きょく》を敵視されるに至《いた》り、霊亀はそれを受けて引き下がったが、もはや移動することすらも、文明を興した亜人たちには甚大《じんだい》な被害をもたらしていた。

結果的に最も活動領域が重なり、また魔力に長《た》け、封印する術を持っていたエルフがこれを封印した。

普通ならエルフに対して思うところがあるはずだが、霊亀から流れ込んできた感情にそういったものはなかった。

霊亀の望みはここに至ってもこちらに歩み寄るものだった。

「何か必要なことはあるか？」

「いや、これなら俺がなんとかできそうだ」

　霊亀の望みはひとつ。


　――歩くだけで被害が出ない身体になりたい

「俺ならその願い、叶《かな》えてやれる。お前がもう歩くだけで迷惑をかけない姿を取らせる。テイムの恩恵でお前を【精霊化】させる」

　初めて霊亀がこちらを向いた。

「【テイム】」

　こちらからの条件は霊亀を【精霊化】すること。これはもともと考えていたことだった。

　そもそも霊亀を常に連れ歩くことなどできるはずもないし、ここから領地に連れていくだけで森は破壊され尽くすのだ。

　神獣クラスの相手なら【テイム】の恩恵で存在の格を引き上げることは容易《たやす》い。いや実際にはその格をもっていながら、手段がなかっただけだ。

　ゴブリンがホブゴブリンになったように、契約と同時に存在に干渉《かんしょう》できるのが【テイム】。

　霊亀の回答は――

「グォオオオオオオオオオオオオオ」

ダンジョンが崩壊《ほうかい》するかと思うほどの咆哮《ほうこう》で受け入れてくれた。

間抜けな使者

「あ！　兄さん……すみません、王国から使者を名乗るものが現れ……私では……って、待ってください何ですかその肩に乗った不思議な生き物は」

領地に戻った途端《とたん》、シャナルがそう言いながらこちらに駆け寄ってきた。

「使者か……」

「ほう。どんな馬鹿《ばか》が来たか見に行こうか」

「レイリックは大人しくしててくれ……」

「兄さん！　無視しないでください！　これは……え、まさか本当に霊亀《れいき》を……？」

シャナルが信じられないものを見る目でこちらを見てくる。

「あとで紹介するよ。今は先に……」

「そうでした。こちらに」

シャナルについて行く。

前回の急ごしらえの応接間かと思えば、すでに俺がいた頃からは考えられないほど建物が増えている。

森の木々をうまく利用して立体的に構築された建物たち。木がまるでそのために成長したように見えるのはもしかするとアドリとエリンが手伝ってくれたのかもしれないな。

その一つ、比較的広い建物の前でシャナルが止まった。

「中でエリンさんとアドリさんが対応してくれていますが……」

「とりあえず話を聞くさ」

使者として来ているということはまぁ、ある程度ちゃんとしてるだろうし王国の考えを知るには良いだろう。

「入るぞ」

待ち受けていたのは……。

「来たな……この大罪人め！」

興奮《こうふん》した様子でそう叫ぶエレインだった。

「終始この様子で……あとエリンさんに言い寄って嫌がられています」

「はぁ……ありがとう。大変だったな」

「いえ……」

シャナルはよそ行きモードであるとはいえ、いつもの俺への対応と同じく塩対応であしらうことができるが、エリンは難しかっただろう。

「エリン、アドリ、ありがとう。二人とももう下がってくれて良いよ」

「ほっ……」

「兄貴！　無事だったんですね！」

二人がそれぞれ胸を撫《な》で下ろしていた。

だがエレインはそれが気に食わなかったらしい。

「おい！　勝手なことをするな！　このエルフの子は僕が今……」

「ほう？　お前が何だというのだ？　人間の小物よ」

「なんだ貴さ――うぐっ……」

レイリックが圧《あつ》をかける。

言葉を発するどころか呼吸すら止められて慌《あわ》てふためくエレイン。

その間にエリンたちを守るように建物から連れ出した。

「くそっ！　僕は王国の使者だぞ！　こんなことをしてただで済むと思っているのか！」

「逆に言うけどエレイン、もう少し王国を背負ってきた自覚を持ってくれ……ここで好き勝手して困るのはお前だけじゃすまないぞ」

「テイマーの分際《ぶんざい》で偉そうにしやがって！　もうお前は追放された落ちこぼれ！　こちらは次期大臣候補の息子なんだぞ！」

大臣候補……？

まあ今は良いか……。どうしたものかと思っていたらレイリックが冷たくこう言い放った。

「ユキアがそちらの国でどのような扱いかは知らぬが、ここはもうユキアの国、そしてこの国は、我がユグドルと同盟を結ぶ友好国だ。お前は今、二人の王の前で喚《わめ》いているのだぞ？」

「え……？」

ようやくエレインの勢いがおさまった。

いやそれも一瞬でしかなかった……。

「だ、だが！　貴様のせいで国はとんでもないことになっているんだ！　その責任は……」

「とんでもないこと……？」

「白々しいぞ！　お前のせいで使い魔たちは言うことを聞かず暴走している！　もっとも今頃は優秀な騎士団に鎮圧《ちんあつ》されているだろうがな。お前の国家への反逆などその程度だ！」

反逆……？

エレインの話は若干《じゃっかん》よくわからないが……おそらく予想通りろくな世話をしなかったことで魔物を始め従魔たちが暴走したのだろう。

その責任をなすりつけにきたというところか。

「今回の被害額の補塡《ほてん》はもちろん、お前の首では足りん！　そこでだ、さっきの美しい娘を差し出せばこの僕が便宜《べんぎ》を図《はか》って……ひっ……」

途中でまたレイリックに圧をかけられ、耐え切れず声を裏返らせるエレイン。

だがなるほど……。

おおよそエレインが来た理由はわかった。

「どうしますか？　兄さん」

シャナルが心配そうに俺の顔を覗《のぞ》き込む。

「ふん……こんな小物の戯言《ざれごと》に付き合う必要はなかろう。使者の首を落として返送すれば勝手に向こうは崩壊《ほうかい》するのではないか？」

「ひぃ……」

レイリックがそう告げる。

そこに来てようやく身の危険を感じたエレインが身を縮《ちぢ》こまらせた。

敵地に一人で乗り込んできている自覚がなかったんだな……。

「確かに放置すれば勝手に崩《くず》れるかもしれないけど……世話していた子たちが気になる」

「助けるのは人でなく従魔か。らしいな」

「そうかもね……まああとは、一応生まれ故郷だから」

レイリックは笑うだけだった。

「では兄さんは、国に戻るんですね」

「一旦《いったん》ね。使い魔たちを連れて帰ってくるさ」

「誰か共に……」

「いや、必要なかろう。霊亀を連れた男に手出しなどできんだろう」

レイリックが笑う。

まあ正直霊亀がいれば王国が国を挙げて襲《おそ》ってきたところで返り討《う》ちではあるな……。

「だが、俺はついて行くがな」

「お兄様……じいやにまた怒られますよ」

「知らぬ。もう怒られることだらけなのだ、一つ増えたところで変わりはせん」

「……はぁ……」

エリンがため息をついていた。

まあただレイリックの言うこともわからないではない。霊亀の件ですでにむちゃくちゃやってるのだから今更《いまさら》だなという部分には同意だった。

「よし。エレイン、行くぞ」

「くそっ！　覚悟しておけ……！　国に着けばお前には――」

「やはり首は落としておいた方が良いか？」

「ひぃ……」

レイリックの声でエレインがまた怯《おび》えたっきり震えて動けなくなっていた。

「と、その前にこの子の紹介をしておこうか」

「キュルル！」

ずいぶん可愛《かわい》らしいことになった霊亀をシャナルたちと、ついでにエレインに見せる。

エレインは若干息苦しそうにしていたがそれを気遣《きづか》うものはここにはいなかった。

「可愛いですが……先程の話を聞くとこの子は神獣、霊亀なんですね」

「はぁ？　馬鹿な。そんな神話の存在を信じているのか？　お前の妹は。兄に似て頭が――が
はっ!?」

レイリックの手が出た。

「よく喋《しゃべ》るゴミだな？」

「貴……様……ぐっ!?」

片手で首を持ち上げられて足をバタバタと暴れさせるエレイン。

「死なない程度で頼む。さてこの子のことだけど……」

「ええ……いいんですか、兄さん」

若干顔を引きつらせてシャナルが言う。

「良いさ。流石《さすが》にシャナルまで馬鹿にされたのは頭に来てるからな」

「そうですか……」

シャナルは少し顔を逸《そ》らして短くそれだけ応《こた》えていた。

その様子を見ていたアドリがこう漏《も》らす。

「兄貴があんな恐ろしい顔してるのに微笑《ほほえ》むシャナルさん……すげえっす……」

「あう……」

ちょうど限界を迎えたエレインが地面に落とされてたところだった。

「この子は霊亀だけど、元の姿があまりに大きくてとりあえず精霊化させてこの姿になってる」

改めて精霊化した霊亀を紹介する。

胴体は小さな亀《かめ》のようなフォルムではあるが、それよりも目立つのは身体《からだ》の数倍の長さがある尾だ。

先端に深緑の宝石のようなものをつけた美しい尾だった。

「可愛い……」

「この姿なら自由に動けるからね」

「キュルー！」

ひと睨《にら》みで身動きすら取れなくなったあの威厳《いげん》は今はないが、それでもうちに秘める力に気づくものは気づく。

「はんっ！　こんなわけのわからんもんを神獣などと馬鹿らしいにも程が……ぁ……え……？」

気づかない馬鹿は霊亀が直々《じきじき》にわからせることになった。

姿こそ変わることはないが、それでもそのオーラが別物に変わる。

「なるほど……本物ですね」

エレインがまた呼吸困難に陥《おちい》る中で、シャナルが冷静にそう言い放っていた。

王国の末路

「これは……思ったよりひどいな……」

「国として機能しているのか？」

ついて来てくれたレイリックが驚愕《きょうがく》しながらその様子を眺《なが》めていた。

降り立った庭園には人の気配がない。王城はもはや半分が倒壊しており、いまはもう雨風をぎりぎり凌《しの》ぐ程度の役割しか果たしていなかった。

人の気配はないものの魔物たちが残っている気配はある。

そして周囲には戦った痕跡《こんせき》と思《おぼ》しき血痕《けっこん》が大量に残され、さながら地獄絵図になっていた。

人も魔物も動物も、この場に死体が転がっているようなことがないのが不幸中の幸いだろう。

「国の話で言うとレイリック、本当にこっちに来て良かったのか？」

「良い！　それより私なしでこの男と二人旅が良かったのか？」

「ひっ……」

道中もレイリックに気圧《けお》され続けたエレインは馬車の隅《すみ》で小さく固まっていた。

「まあそれは確かに助かったけど……」

霊亀《れいき》を従えてからエルフの国、ユグドルを抜けてくるにあたってレイリックはほとんど逃げるようにして出てきている。

「霊亀を従えてもやっぱ怒られてたもんなぁ」

「じいやの小言を聞いておったらお前の寿命《じゅみょう》が尽きるからな」

冗談とも本気とも言えないレイリックの言葉に苦笑していると、馬車からエレインが転げ落ちてきた。

「貴様らももう終わりだ！　のこのことついて来……え……？」

崩壊《ほうかい》した城を見て固まるエレイン。

「そんな……僕がここを出たときは大した被害など……どうして……」

なるほど。

エレインが行くまでは無事だったということか。

「ユキア……」

「ああ」

無人の廃墟《はいきょ》のようになった王城の庭園。

俺とレイリックは同時に魔物たちが近づいてくる気配を感じ取っていた。

遅れてエレインも足音に気づいた。

「ひぃっ⁉」

現れたのは――

「クゥウウウウウン」

「久しぶりだな」

「なるほど。これがユキアの魔獣たちか」

「いや、ほとんど先代以前がテイムしたものだよ。俺は世話してただけだ」

「その割にずいぶん懐《なつ》かれたたな」

最初に飛び込んできたグランドウルフを筆頭に、魔獣、ドラゴン、動物たちが続々俺の周りを取り囲んだ。

遅れて人の気配もようやく近づいてくる。

気づけば王城からぞろぞろと見覚えのある顔ぶれが現れていた。

「ユキアさん！」

「ミリア様……よくぞご無事で」

「ええ……この子が守ってくれました」

ミリア様のもとには一匹の白竜の姿があった。

「キュルーン」

パトラだ。

なるほど……。調教済みとはいえ、ミリア様はドラゴンをテイムするに至《いた》ったのか。

「おお！　エレイン……！　なぜそんな姿に……」

次に声を上げたのはアイレンだった。

「父上！　見てください！　やはりこの男の指示でこいつらは暴れたのです！」

エレインが息を吹き返したようにそう叫んだ。

「やはり貴様が……！　この被害！　どう責任を取るつも――」

「王はいるかな？」

アイレンの言葉を遮《さえぎ》ってレイリックが前に出た。

「無礼な……え、エルフ……？」

アイレンにとっても思わぬ相手だったのだろう。

勢いが落ちる。

「小者に吠《ほ》えさせているとどんどん立場が悪くなることに気づかぬか？　ここには仲裁役《ちゆうさい》として来たのだ。このままでは貴国は滅ぶぞ」

そういうことか。

レイリックはこの問題を国家間の戦後処理として扱うつもりだ。

そうすることで俺の領地はエルフの後ろ盾《だて》を持った国家として周辺諸国へもアピールされる。

俺個人としてやりとりするよりもはるかに建設的な話もできるだろう。

ただムルトさんから逃れるためについてきたのかと思っていたが意外と考えていたらしい。

「王が出る必要などない。これは我が国の問題。宮廷に仕《つか》える身でありながら国家に反旗《はんき》を翻《ひるがえ》した愚《おろ》かなテイマーを処罰すれば済む問題だ。貴殿の出る幕ではなかろう」

現れたのはビッデル財務卿《きよう》だった。

「お前のようなものではやはり話にならんな」

取り合うつもりのないレイリック。

仕方ない……俺も喋《しやべ》るか。

「俺はもう国外追放された身。救援要請《ようせい》を受けてやっては来たが、責められるいわれはない」

「何をぬけぬけと！　王宮をこれだけ無茶苦茶にし、我々が細々と地下に隠れ住むような惨《みじ》めな思いをする羽目《はめ》に陥《おちい》ったのだぞ！　その原因たる魔獣たちがお前を前にすれば大人しくしておるのだ！　お前が国家に反旗を翻した！　それ以外にこの状況をどう説明する!?」

ビッデルの発言に周囲の貴族も同意を示す。

その中には勝ち誇った顔をするアイレンと、いつの間にかそちらのほうに駆け込んでいたエレインの姿もあった。

「そうか……」

もはや話し合いのできる相手ではないのなら……。

「その結末がお望みならそうしてやるのもやぶさかではないな」

――ズドン

「は？　な、なにっ!?」

「あれは……馬鹿《ばか》な……」

「なぜこんなところにあの災厄《さいやく》が……!?」

肩に乗っていた霊亀に顕現《けんげん》してもらった。

ボロボロになった王城にはそれだけのスペースがあったのだ。

「俺が反旗を翻したというシナリオがそちらにとって都合がいいのなら、これから俺の従魔に暴れてもらうが、良いんだな？」

　俺の言葉を受けて霊亀がビッデルを始めとした敵対貴族を睨《にら》みつける。

「ひぃっ!?」

　それだけでその場にいた貴族たちは皆、腰を抜かして地面に転がった。

「ぐっ……かはっ……」

「なっ……息が……」

「立っていられぬ」

　貴族たちは身動きどころか呼吸ひとつもままならなくなる。

「望むなら俺はここにいる魔物や動物を全《すべ》て連れ帰ってもいいが、それを望まない場合はここで彼らを自由にすることになるが、良いか？」

　その言葉を受けて、王城からようやく国王が姿を現した。

「ふむ……すまぬな。できれば連れ帰ってもらいたい。そやつらを置いていかれると国は滅ぶ」

「国王陛下《へいか》!?　陛下が出ずともこのようなテイマーごとき私が！」

　慌《あわ》ててビッデルが前に出るが国王はもはや取り合う気もない様子だった。

「わしは……間違っておったようだな」

「そんな……」

その言葉が、ビッデルにとってとどめの一言になり、膝《ひざ》をつかせることになった。

王は続けて俺にこう問いかける。

「もう一度、わしに、いや国に仕えてくれる気はないか？」

随分《ずいぶん》やつれていた。

俺が前に見たときはふくよかな王だったと思う。

「残念ながらもう私も新たな役割が生まれたので……」

「そうか……ふむ。では話を変えよう。わしはユキア殿と、同盟を結びたい。いかがかね？」

「国王陛下！　お考え直しを！」

「下がらせよ」

縋《すが》りつこうとしたビッデルやアイレンたちが兵士に連れて行かれる。

「終わりだ……」

ようやく状況を理解したアイレンが顔を青ざめさせながら兵士に縛《しば》られる。

その様子を見ていたエレインもまた、自分の立場をここに来てようやく理解したのか泡《あわ》を吹いて倒れていた。

「貴様……許さぬ……許さぬぞ」

ビッデルだけはこちらを睨みつけてそんなことを言っていたが、兵士に乱暴に縛り上げられて怒りの矛先《ほこさき》を変えているうちに目立たなくなった。

「同盟の内容は？」

「貴殿らの領地を国として認め、我が国との間に友好の印《しるし》を持って相互に協力し合う関係を築きたい。望むなら公爵《こうしゃく》の地位を与える」

「なるほど……」

どうやら国王はまだあまり立場を理解できていないようだった。

この状況でなお、俺を属国として従えようとしているのだから……。

その言葉を受けてレイリックが耐えきれず前に出た。

「やはり愚王だな……この状況下においてまだユキアを下に見るか。もはやこの国は終わりだ。王家一族は全て処刑した上でユキアの支配下におかれても文句は言えぬ状況だぞ？」

ミリア様がキュッと目を瞑《つむ》ったのが見えた。

「それではまるで敗戦国……この一件はユキア殿のクーデターという扱いで良いのかな？」

レイリックに言葉を返したのは宰相《さいしょう》、ハーベルだった。

「俺はこの子たちを連れて帰れるなら何でも良いさ。降伏《こうふく》の条件になるか同盟の条件になるかはそちら次第《しだい》。中身は少し考えさせてもらうけどな」

そう言うと国王でなくハーベルでもなく、ミリア様がこう口を開いた。

「レインフォース領地ではまかなえないであろう物資の支援と、交易ルートの整備。それから人質として私が貴国に世話になる、というのはいかがでしょう。支援が不十分であれば私の首を送り返してください」

「ミリアよ……勝手な行いは……」

「父上、状況をご理解ください」

毅然《きぜん》と国王に言い放つミリア様。

「悪くない話だな。支援の多寡《たか》によるがそのあたりの子細《しさい》はそちらの出す条件を精査すればよかろう」

レイリックも満足げだ。

だが……ミリア様じゃあ人質の価値がな……。

宰相はもう半分顔がにやけていた。

「ではその条件で、陛下、いかがでしょう」

「うぅむ……」

渋る素振りを見せるが内心はミリア様を切ればそれで済むと思っている可能性すらある。

それほどまでに、王女ミリアの価値は低くなってしまっていたのだ。

ただテイマーである、その一点だけで。

だがここで王宮唯一《ゆいいつ》のテイマーを喜んで差し出そうとしているあたり、もうこの国は沈む船だな……。

「もう一つ条件を加えよう」

俺から愚王とその宰相にとどめを刺そう。

「何かな？　ユキア殿」

「物資の支援が途切れたりそちらが約束を違《たが》えた時に返すものは、ミリア様の首ではなく霊亀と魔獣たちの行進だ」

固まる王と宰相。

「……わかった」

ついに王がどうにもならぬことを理解したようだった。

◇【王国視点】

「軍務卿、どう見る？」

ユキアたちが引き上げていったあと、国王はシワの増えた顔で軍務卿カーターにそう尋《たず》ねた。

「はっ……正直に申し上げてよろしいでしょうか」

「聞きたくはないが仕方あるまい……」

「戦力差が大きすぎます。我々はもはや北に大国を構えられたと考えるべきかと……」

「しかも、恨《うら》みを持った相手が、か……」

国王が頭を抱える。

「まして我々はこれから復興と同時に失った戦力の増強も図《はか》らねばなりませんが……」

「人が流出してゆくのはもはや、止められぬであろうな……」

レインフォース家との一件はもはや隠しようのない出来事だった。

国民が北に流れていくことは間違いないだろう。

周辺諸国への牽制《けんせい》カードであった魔獣を失い、それどころかその魔獣たちに手痛い仕打ちを加えられた王国はもはや、ドラゴンの巣に投げ込まれた肉の塊《かたまり》のような状況にある。

どこかに庇《ひ》護《ご》を求めなければ崩壊は目の前ということだ。

「ハーベル。周辺諸国との調整は任せる。どこと組むのが最も良いと思う？」

「……感情の部分を除くならば間違いなく、ユキア殿を頼るべきかと……」

「受けてくれるかの」

「それは……」

形式上、降伏宣言を出した上でユキアたちに対して同盟を結んだ王国。だがその立場はもはや風前の灯《ともしび》であった。

少なくともユキアを、そしてその背後にあるエルフを怒らせないだけの物資の送り込みは維《い》持《じ》しながら、王国は生き残りの術《すべ》を探る必要がある。

王国の未来はもはや、ユキアの掌《てのひら》の上で転がされているも同然だった。

「ユキア、お前の故郷は……」

帰り道、ミリア様には聞こえないようにレイリックが俺に耳打ちする。

使い魔たちの移動ペースに合わせながら、俺たちは空からドラゴンで移動していた。

「わかってる」

レイリックの言いたいことはわかる。

もうあの国は終わりだろう。

人質として連れてきたミリア様が唯一《ゆいいつ》、あの国から救い出せた人間かもしれない。

王国は背後こそ森を越えても山岳《さんがく》地帯という環境だったが、北側以外は複数の国と面している。

これまで王国はそれらの国々に対して、武力で対抗することで優位な関係を築いてきている。

その主力が竜騎士団、そして騎馬隊、ダメ押しに魔物を従えているという王都の騎士団だった。

武力で対抗してきた王国の牙《きば》は、俺が漏《も》れなく回収してきたのだ。

「どうする？　まさか保護するつもりは……」

「ない」

それは断言できる。

王国が滅ぶのは自業自得《じごうじとく》。それは揺るがない。

「だが積極的に動くつもりもないか」

「まだ、ね」

「ほう？　考えがあるのか？」

「一応ね」

考えはシンプルだった。

王国を滅ぼすよりも、王国の優秀な人材を登用する機会を得たほうが良いというもの。

王国を武力制圧することは簡単だ。

今いる戦力で踵《きびす》を返せばたちまち再起不能の大打撃を与えられるだろう。

隣を飛んでいる竜一匹で王城は半壊から全壊に、総戦力ならば王都の戦力は文字通り全滅させられるだろう。

だがそれでは王国の人間は周辺諸国に散り、俺たちは徒《いたずら》に広大な土地だけを得ることになりかねない。

そもそも事実上降伏《こうふく》したともいえる条件で契約した相手を武力で滅ぼせば周辺諸国が団結するいい口実を与えることにもなる。

だからこの、見かけ上、背後にエルフの国がある状況をうまく利用するのだ。

「土地だけ余っても人がいないとどうしようもないからね」

「なるほど。人材流出の受け皿になるか」

「そういうこと」

「では次にやるべきことは……」

「ああ」

レイリックと笑い合う。

「単純な数以上に、まずは質を高めたい」

というより単純な数はすでにかなりいるのだ。

ゴブリンやオークなどを統率《とうそつ》して土木工事や軍事を指揮できるのが理想だった。

要は優秀な人材が集まる場所を作ればいい。

次の目標は領地開拓だ。

◇

「ここが……ユキアさんの国……」

到着するなりミリアが驚愕《きょうがく》していた。

ちなみに道中、竜に乗りながら何度かやりとりをした結果呼び捨てで呼ばなければいけないルールが発生している。

「ユキアさんは一国の主《あるじ》、私は亡国の姫ですから」

「縁起《えんぎ》でもない……」

そんなやりとりを経《へ》て今に至《いた》る。

「兄さん！」

ドラゴンから降りるとすぐにシャナルが駆け寄ってきてくれた。

乗せてくれたドラゴンを撫《な》でてからシャナルのほうを向いた。

「ただいま、シャナル」

「これを見ると……王国はもう？」

連れてきた使い魔たちを見てシャナルが問いかける。

竜種三十、馬や鳥などが千以上、そして魔獣が十数匹。

シャナルはこれが王都の全戦力であることを知っている。

だから出てきた言葉なんだろう。

「流石《さすが》に滅ぼしたりはしてないよ」

「兄さんが直接手にかけずともはや……」

そこまで口に出してからシャナルは初めてミリアの存在に気づいた。

「王女様っ⁉　これは大変ご無礼を……」

慌《あわ》てて膝《ひざ》をつくシャナルだが、その姿にむしろミリアの方が焦《あせ》っている始末《しまつ》だった。

「えっ⁉　えっと……シャナルさん、ですよね？　ここでは私の方が遥《はる》かに立場が弱いですし、今言ったことは私も思っていることですから……」

「しかし……」

真面目《まじめ》な性格のシャナルは自分にも厳しい。

たしかに王国が健在ならこのミスは痛手かもしれない。

いや相手がミリアだとそんなこともないのか。

他に四人いた王子王女たち相手なら問題だったかもしれないが……そういえば彼らはそれぞれ地方に散っていたんだったな……今回の件を聞きつけてどう動くかは警戒《けいかい》しておこう。

「私はもともと王国でも役立たずと蔑《さげす》まれてきた王女ですから。人質としての価値も怪《あや》しいくらいです。ですので、ただのミリアとして扱ってください。その方がありがたいと、ユキアさんにも伝えております」

シャナルの視線がこちらに向く。

「と、いうわけだから。同性のほうが色々都合がいいと思うしミリアのことはシャナルに任せる。人質ってことになってるけどまあ、自由にしてもらっていいよ」

「えっ⁉　兄さん！　そんな急に……」

「じゃ、ミリアもそういうことで」

「あっ……」

歳《とし》が近い同士で仲良くしてもらったほうがいいだろう。

ミリアだってずっと俺たちと一緒じゃ気が休まらないだろうし。

ああ、そういう意味では……。

「エリンも頼むな、シャナル」

「もうっ！　ちょっとは人の話を聞いてください！」

シャナルが怒ってるが、まあそこも含めてミリアとエリンにも頼るとしよう。

正直三人ともたまに何を考えているか読めなくて持て余すからな……。

「さて、どこから手を付けるかな」

改めてレイリックと向き合う。

するとレイリックは笑いながらこんなことを言い出した。

「私に考えがある」

と。

レイリックの考えはこうだ。

「我が国から人を連れてこよう。狩猟《しゅりょう》、農作、用兵あたりならうちの人材でもひとまずは良かろう」

「それ、そっちにメリットはあるのか？」

「もちろんある。エルフは寿命《じゅみょう》が無駄に長い。そのせいで世代交代が起こらんのだ。だから優秀な人材を持て余している。一度責任ある立場に就《つ》かせるというのはこちらにとっても大きなメリットだ」

なるほど。

人間よりその辺《あた》りの問題は深刻か。

貴族たちもポストが空《あ》くまで優秀でも役職が与えられない者は多くいた。

「まあとはいえ、これは最初だけの応急処置のようなものだ。こちらが派遣《はけん》するエルフたちにも忖度《そんたく》する必要はないから優秀な者が現れればユキアが随時《ずいじ》トップを入れ替えていけば良い。王としてその任命権だけは握っておき、あとのことは部下に任せる。理想的な国になろう」

「責任重大だな……」

理想的なのは王の人を見る目が優秀だったときだけだ。

俺にできるのはテイムであって人を見ることではないんだが……。

「そのために私がいると思えば良い。あとは信頼できるものを育てよ。王家の血筋《ちすじ》の者も連れてきたのだし、エリンも主張は少ないが相手を見る目はあろう」

「なるほど」

そこも含めて任せていくと考えればいくらか気が楽か。

俺はあくまでテイマーとしてやっていきたいしな。

「さて、その上で一つ、私から提案だ」

「提案？」

「ああ。エルフが担《にな》えない分野に関して、人材を確保するのにちょうどよい相手がいる」

エルフが担えない分野……。

さっき言ってたのは狩猟、農作、用兵……生きていくための部分と領地の守備という意味で最低限必要だが……いま欲しいのは……。

「土木工事か」

「そうだな。エルフは木々を操《あやつ》ってそこに住むからな。土木工事の概念がない」

そうか。

世界樹の中に居住区を作っていたあたり色々考え方が違うだろう。

ここでそれを再現しても合うものも合わないものも出てしまう。

「工事をやらせるならうってつけの者たちがおる。そこに話をつけに行こうではないか」

「うってつけ……」

「ドワーフだ」

ドワーフ。

エルフと並んで人間にとってはもう幻《まぼろし》の存在なんだが……。

「大陸最高の鍛冶《かじ》技術もある。この国にはどのみち必要になる存在だ」

「簡単に言うけど俺は物語の中でしか見たことない相手だぞ」

「なに。我々にとっては同盟国の一つにすぎん」

そう言ってレイリックは早速《さっそく》乗ってきたドラゴンのもとに向かっていく。

もしかするとムルトさんから逃げるために……いやまぁこちらとしてもありがたいことだ、大人しく従おう。

「あっ！　兄さん、もうどこかに行くんですか？」

ドラゴンの準備をしているとシャナルが声をかけてくる。

「ああ。悪いけど留守を頼む」

「もう……もう少し落ち着いてほしいんですが……ここも色々あるんですよ？」

「シャナルを信用してるから任せるよ」

「……もうっ！」

甘えっぱなしで申し訳ないがシャナルに頼るしかないという事情もある。

領地の様子を見る限りおそらくだがロビンさんとムルトさんが手を回してくれたこともあり、このまま任せても問題なさそうだった。

というより俺がいたところで領地運営なんてわからないんだ。できればシャナルやエリン、アドリ、そしてミリアに頑張ってもらえると、俺はこの先も楽ができるかもしれない。

「行くぞ。ユキア」

「ああ」

いや、楽になることはないか……。

俺は俺でやることが増えていくだろうしな。

だがその忙しさが充実感になっていて、ワクワクしかしていないことに自分でも驚いていた。

テイマー王女の奮闘【ミリア視点】

歳《とし》の離れた兄や姉は、私にとってあまり良い思い出のある相手ではなかった。

「王家の者が魔獣の世話係だと？　そのような雑務、あの給金泥棒《どろぼう》のレインフォースにやらせておけば良いだろう」

長兄の第一王子、アルン兄様は明確に自分以外のものを見下していた。

次期国王としての威厳《いげん》を保つため、というより、私には何かに怯《おび》えているように見えていた。

「その通りですミリア。王家の者がそのような汚れ仕事をするものではありません」

第一王女、長女アリアお姉様。

姉さんもアルン兄さんと同じく、他者を見下して自由に生きていた。

言うことを聞くのは父と兄に対してだけ。

私のことはアクセサリーか何かと思っていただろう。

「そもそもこの国にテイマーなんてもの、もう必要ないんですよ。無駄なことはやめるべきですよ、ミリア」

第二王子、ロキシスお兄様。

神経質な性格で部屋に閉じこもって何かの研究をしているようだった。

やつれた顔と眼鏡《めがね》の奥に濃いクマを作って私によくそう話していた。

「そもそもミリアが無駄だったかもしれないけどね」

笑いながらそんなことを言っていたのは第三王子、ギリアお兄様。

兄姉たちには絶対に逆らわないが、その分私をこうしていじめてくる兄だった。

それでも私はテイマーに憧《あこが》れた。

動物たちと話すのが楽しかった。

動物たちと懸命に対話し、彼らを支えるレインフォース卿《きょう》が、ユキア殿が輝いて見えたのだ。

兄姉たちはテイムにこだわる私に苛立《いらだ》ちを見せはじめる。

言うことを聞かない末妹に罵詈雑言《ばりぞうごん》を吐く王子王女たち。いつしかそれは王宮内に伝播《でんぱ》し、王宮に出入りする貴族たちにまで私は口悪く罵《ののし》られることになる。

兄姉たちはいつの間にか王宮を離れ、各地で要職に就《つ》いていた。

だがすでに王宮には私を庇《かば》う人間はどこにもいなかった。

「出来損《できそこ》ないの王女様だぞ」

「おいおいまた無駄飯食《むだめしぐ》らいのレインフォースと一緒にいるぜ」

「あの二人がいなくなってくれりゃこの王宮も少しは空気がマシなんだけどな」

「ぎゃはは。違いねー！」

そんな声をレインフォース卿は相手にすることなく、ただひたむきに動物たちに向き合っていた。

テイマーだから、いやこの王宮でレインフォース卿の他では唯一《ゆいいつ》彼らと向き合ったからこそわかる。

レインフォースなしにこの国の軍事力は維持《いじ》できない。

だと言うのに……。

「ユキア様を解任した上、国外に追放など……正気ですか!?」

「落ち着くのだミリア。お主はたしかに【テイム】の心得《こころえ》もあり、あの者になにか親近感を抱いておったかもしれぬが、実際にいなくなってなにも起きぬのだ。そもそもお主も言っておったではないか。一人のテイマーが抱える生き物の量には限界があると」

「そう言いました！　だからこそレインフォース家がこのゼーレス王国には必要であるとも！」

私の必死の訴えももはや、父には届かない。

だが諦《あきら》めれば国が滅ぶ。懸命に父を説得しようとした。

「お父様。考え直してください。レインフォース家の加護がなくなればたちまちこの国は滅びます！」

「くどいぞミリア。今、何も起きておらんことが何よりの証拠ではないか」

「違うのです！【テイム】はすでに段階的に効果が失われていっております。【テイム】のない魔獣や竜を相手に操《あやつ》れるような人間がこの王宮におりますかっ!?」

「それは……だが飼育係がいるであろう」

「あれが最低限の仕事しかしていないのはご存知では……？　ユキア様が宮廷を出られて以降、まともに飼育係が世話をしているところなど――」

けど、私にできたのはそこまでだった。

「おやおや……王女様は我が息子の仕事ぶりにご不満でしたか……申し訳ありませんなぁ」

マインス卿……。

レインフォース卿を……ユキア殿を追い出し、その地位に息子を置いたことはわかっている。

だがその息子のエレインが致命的に無能なのだ。

飼育係でありながら世話をしないどころか飼育対象に危害を加えストレスの捌《は》け口にする始《し》末《まつ》。うまくいかないことは全《すべ》てユキア殿に押しつけ、父親の威光《いこう》だけで王宮に籍《せき》を置く壊滅的な人間だった。

私からすればこの親子をこそ国外追放するべきだったのだ。

だというのに……。

「先祖代々莫大《ばくだい》な報酬《ほうしゅう》を国庫から奪い取り続けていた……もはやあれは害虫。姫様も早く、目を覚まされることをおすすめいたします。それともすでに姫様が【テイム】でもされておりましたかな？」

「下衆《げす》がっ！」

こんな言葉を目の前で王女であり娘である私がかけられたというのに、父は、いや王は何もしない。

「私だけでも……なんとか……」

必死に頭を働かせる。

国に起こる危機は決定的。

そこにテイマーとして歴代でも稀《まれ》に見るほど絶大な力をもったユキア殿はもういないのだ。

「国が崩壊《ほうかい》する……」

なんとかユキア殿に手紙を出すことだけは達成した。

この危機的状況を救えるのはやはりユキア殿だけだ。

内容は、王女としては明らかにまずいものだ。

だが共にテイマーとして言葉を交わしたユキア殿に願い出るにあたって、この程度は申し出なければならないと思った。

そして何よりここで元凶を取り除かねば、何度も同じ過《あやま》ちが起きると思ったのだ。

「あれ……？」

ふと、そこで私にある考えが浮かんだ。

「そうか。崩壊しても……いや崩壊した方がいい」

頭が冷えて、その分冴《さ》えてきたのがわかる。

そうだ。私は生まれた時から無能と、役立たずと罵られて王宮に居場所などない。

この国が崩壊して困ることなどないのだ。

「国が滅べば王族である私も死ぬかもしれない……でも……」

それでも良いと、そう思った。

これまでの人生を振り返って、生きながらえたいなどとは思わなかった。

ただ、いま国が崩壊すれば、その引き金を引くのがユキア殿であれば……話は変わる。

「国を捨てて、ユキア殿に食らいつく……」

それが生きる唯一の道筋だ。

そうでなければ死んでも良い。

「そうだ。王女だなんだと関係ないのだ」

王宮で孤立《こりつ》した私の相手をしてくれたのは唯一ユキア殿だけなのだ。

そのユキア殿に報《むく》いることが重要だ。

「テイマーとして、自由に生きたい」

国が壊滅寸前だと気づいて初めて、自分のやりたいことが明確に見えた。

もっともこの時点で国の崩壊を予期できていたのは王宮では私だけだったようだが……。

◇

「ここが……ユキアさんの国……」

目論見《もくろみ》は当たった。

魔獣たちは王宮で暴れ回り、ユキアさんはそれを鎮圧《ちんあつ》すると同時に王国に事実上降伏《こうふく》宣言をあげさせた。

そしてそのどさくさで、私はユキアさんについていくことに成功した。

だが……。

「レベルが違いすぎる……」

驚愕《きょうがく》したのはまずその森に溢《あふ》れる生命の数だった。

王都の人口より多いのではないかと思うほどの魔物たちが規律正しく作業にあたっている。

その数は万を超えている。

そして私にはわかる。

このほとんどがユキアさんにテイムされた魔物たちだ。

「えっと……ミリア、様」

そしてユキアさんの妹、シャナルさん。

話に聞くことはあった。

だが実際に対面して同じテイマーとしてのレベルの違いにまた打ちのめされた気分になる。

「様は不要です。私は人質ですよ？」

「ですが……」

「敬語も不要。ここではむしろ、私が頭を下げなくてはならない立場ですから……」

その言葉に偽《いつわ》りはない。

だがそれ以上に、テイマーとしての能力差がその判断を促《うなが》した気がした。

シャナルさんもまた、数百以上はテイムを行なっているのがわかった。

文字通り桁《けた》が違うユキア殿は置いておくとして、同じテイマーとしてこの数は異常だと思わざるを得ない。

流石《さすが》はレインフォースの血筋だ……。

「王女様がやってこられるなんて。いらっしゃい。ここでは王女ではなく一人の少女として扱った方が良いと聞いたのだけど、本当に良かったのかしら」

王宮貴族以上に優雅《ゆうが》な立ち振る舞いで現れたのは……。

「ユキアさんのお母様!?」

「ふふ。そうね、あなたのことはユキアからよく聞いていたわ」

「そんな……えっと……いつもユキアさんにはお世話になっておりました」

思わず頭を下げる。

そうしたくなるような何かが、この女性にはあった。

そんなことより、ユキアさんが私のことをなんと……？　一体何を……。

「ふふ。固くならないで。娘が増えたようで嬉《うれ》しいわ」

柔らかく笑いかけるその姿とは裏腹《うらはら》に、やはりテイマーとしての能力で大きく劣る自分を自覚させられた。

従える従魔は少なく、また虫やネズミなどの小型の魔獣なのだが、その精度に驚かされる。

一般的に小さいと知能が少ないと言われる魔物たち。中でも最小に近い虫型の魔物になんと、服飾技術を身につけさせているのだ。

「とんでもないところに来た……」

当然のように万の領民を従えたユキアさんはまさに、王だった。

私の父なんかでは比べ物にならないほどに立派《りっぱ》な……。

「ようやくこの者らの異常さがわかるのが現れたか」

声をかけてきたのはエルフの王……。

「レイリック陛下《へいか》」

「固くならずとも良い。同じ王族なのだ」

「ですが……」

今の私を王族と呼んでいいものか……。

そんなことを考えているとレイリックさんが豪快に笑いながらこんなことを言い出す。

「母国が潰《つぶ》れたらユキアに嫁《とつ》げば良いではないか」

「なっ!?」

気楽にそんなことを言いながら笑いかけるエルフ王。

思わず顔が赤くなったのを感じる。

「ふふ。だがまぁ、これまでこやつら、自分たちがいかに規格外の力を持つかの自覚がなかった。私としてはそれがわかる仲間ができたのは嬉しいからな」

「はぁ……」

すっかりレイリック陛下のペースに乗せられる。

その様子を見て決意を固めた。

ここで生き残るには、今のままじゃダメだ……。

テイマーとしての能力はレインフォース一族に遠く及ばない。

そして王族としての風格も、実務レベルも、ユキアさんやレイリックさんにまるで敵《かな》わない。

「私の価値を、示さなくては……」

人質として大人しくしているつもりはない。

私はここで、居場所を作るんだ……！

◇

「ミリアさん、ここなんですけど……」

「あう……ここは……」

「ミリア姐《ねえ》さん！　こっちはどうすれば」

「……えっと……」

レインフォース領に居場所を作る。

私のこの目論見は想定外にもすぐに果たされることになった。

「良かったです。兄さんたちは好き勝手飛び回りますし……私たちは一応貴族王族の身内とはいえ実務に当たったことなどありませんでしたから……」

シャナルさんがそう言いながらほっとしたような表情をしているが、私も実務などほとんどやってはいないに等しい。

兄姉たちと歳が離れていた上、テイマーの道を選んだばかりに蔑《さげす》まれてきた私はろくに仕事が回ってこなかったのだ。

それでも王宮にいる王族として一応の書類仕事はこなしてきたおかげでなんとか食らいついている、という状況だった。

「……ミリアさん、すごい」

「いえ……これは別に大したことでは……というより……」

私がすごいのではないのだ。

「この領地には私たちの他は魔物しかいないのかと思っていたのですが……どうしてこうもしっかりした書類がここに集まっているのですか？」

驚いたのはこれだ。

現場の作業はほとんどがオークやゴブリンなど。

文字の読み書きはおろか会話すら怪《あや》しいはずの者たちを誰がまとめあげ、どのようにこの書類を集めているのか……。

「ああ。ロビンさんという兄さんの執事《しつじ》の方と、ムルトさんというレイリックさんの執事の方が……」

「執事……只者《ただもの》ではありませんね。ですがたった二人で回る量では……」

「それをやってしまうのです。あの二人は」

「この量を!?」

「ええ……規格外ですよね」

ここに来て再びこの領地に身を置く方との差を思い知らされるとは……。

「でも……じいやはずっとここにいられるわけじゃない、です」

「そうなのですか?」

「あう……」

エリンさんは誰に対してもこんな感じと聞いて安心したけど最初は不安になったものだった。

「ロビンさんも若いわけではないですし、本来の業務とは違うので」

「ではこの書類を作れる方を雇《やと》い入れる必要がある、ということですね」

フル稼働《かどう》できないのであればこの領地専属の人間を用意しないといけない。

と思ったのだが……。

「それについてですが……提案があります。聞いてくれますか？」

改まってそんなことを言うシャナルさんに若干《じゃっかん》嫌な予感を覚えながらも、もはや断れる状況にはなかった。

◇

「えっと……本気ですか？」

「はい……いや私も半信半疑ですが、ミリアさんならできると兄さんが……」

「兄さん……ということはこれはユキアさんの指示でしたか」

「はい」

私を領地に連れてきて早々にレイリックさんと飛び立たれたユキアさん。

でも私のためにこんなことまで考えていてくれたのだとすれば……。

「応《こた》えないわけにはいかないでしょう」

シャナルさんからの提案、それは……。

「では早速《さっそく》行きましょう！」

ホブゴブリンやオークなど、ここにいる魔物の中で見込みのあるものを、私がテイムして育てるというものだった。

いや、育てるなんて生易《なまやさ》しいものではない。進化を促す必要がある。

ユキアさんはいとも簡単にゴブリン数千を一度にホブゴブリンにしているが、そんなこと普通は不可能なのだ。

一匹の魔物と生涯《しょうがい》をかけて向き合って初めて起こる奇跡。それを私に、各部門ごとにやれと言う。

「これが……この領地で求められるハードル……」

ユキアさんのいない領地生活で少しみんなから頼られていたから油断していた部分もある。

これはもしかすると、ユキアさんからの、釘《くぎ》を刺すための置き土産《みやげ》かもしれなかった。

鬼人族《オーガ》【ミリア視点】

「まずは領内の状況を整理しましょう。兄さんは何も言わずに出て行きましたが、当たり前のように増えていた魔物たちも全《すべ》てテイム済みです」

改めて規格外の力だ、ユキアさんのテイムは。

私をここに連れてきてからの滞在時間はほとんどないと言ってもいいレベル。

当然ながら領内を回る時間などなかった。

要するにほとんど片手間《かたてま》で、ユキアさんは領内の少なくとも数百以上はいた新規の魔物たちをテイムしていたのだ。

「あ、兄さんのことは気にしないで大丈夫ですよ。テイムは上書きして良いと言われていますし、ここの子たちは皆それを承知《しょうち》の上ですから」

シャナルさんが私が悩んでいると思ったのかそうフォローしてくれる。

「ありがとうございます。ですが……壮観《そうかん》ですね」

王都でゴブリンやオークといえば、汚らわしい害獣でしかなかった。

だがここにいるのはまるでそんな汚らわしさなど感じさせない。

それどころか、脂《あぶら》ぎった小汚い貴族よりも清潔感を感じさせるほどだ。

その理由の一つはユキアさんのテイムによってもたらされた統率力。そしてもう一つは……。

「これは、シャナルさんのお母様の？」

「そうです！　母さんもいつの間にかこんなことを……」

身なりがきれいなのは服装にも理由があった。

ホブゴブリンは体格だけなら人間とかなり近いこともあり、清潔感のある服装に身を包めば思ったより見栄《みば》えが悪くないのだ。

悔《くや》しがっているシャナルさんにすら遠く及ばない私に求められた仕事ができるかと不安になる。

いや立ち止まっていても仕方がないんだ。

まずは目の前の情報を整理していこう。

「この中から現場のまとめ役を選び、育て……最終的にはあの書類を自分たちで完成できるようにしないといけない……となると……」

オークはもともと力は強いが知能はあまりないと言われている。

上位種であるハイオークやジェネラルオークなどになっても基本的には力が全てという種族だったはずだ。

トロールも似たような傾向にある。

ゴブリンはもともとがずる賢《がしこ》いと言われており、ある意味では知能に期待はできるが、きっちりと仕事をこなすかというとそのずる賢さ故《ゆえ》に怪《あや》しさがある。

ホブゴブリンやマジックゴブリンであればある程度は期待できるが……。

傾向としてはコボルトも同じような感じだ。

「人型でない相手も含めて検討しますか……」

エルフの協力もあって植物系の魔物なども多くいる。

場合によっては魔獣系でも書き物はともかく統率力は優《すぐ》れているし……。

「シャナルさん」

「はい？」

私はなにかに迷った時、その分野で一番頼りになる存在を頭にイメージして助言を乞《こ》う。

今回助言を乞うべきは間違いなく、ユキアさんだ。

「ユキアさんならこの子たちの中からどのように選ぶと思いますか？」

王宮にいたときは離れていたとはいえ、シャナルさんは家族。

ユキアさんのことなら私なんかより遥《はる》かに理解していると思ってそう聞いたのだが……。

「兄さん……ですか。おそらくですが、区別せずに全員をテイムして全員に読み書きを覚えさせようとするでしょうね……そして実際それをやってのける気もします……」

「それは……」

聞いた私が悪かった。

ユキアさんのことを誰よりも把握《はあく》しているからこそ、シャナルさんの口から飛び出すそのとんでもないことは妙に現実味があるのだ。

普通なら信じられない話でも、ユキアさんを知っていると、まあやりかねないかなと思うだけの何かがあった。

「兄さんを参考にして良いことなんてありません」

冷たく突き放すようにそう言うシャナルさん。

「シャナルさんは、ユキアさんがお好きなんですね」

「なっ⁉　どうしていまの流れでそんなことをっ⁉」

「ふふ。ユキアさんのことを話すときのシャナルさんの表情を見ていればわかります」

それが妹としての感情なのかは一旦《いったん》置いておくとして、だ。

「そんなに顔に出ていたでしょうか……」

「大丈夫ですよ。普通は気づかないでしょうから」

「そうですか。まあ鈍感《どんかん》な兄さんが気づくはずはないのでそれは良いのですが」

「そうですね」

そのとおりだ。

それに気づいたのは私だったから。私も同じ感情を持っているからだ。

あとは気づくとすれば……。

エリンさんあたりが怪しいくらいのものだろう。

そんなことを考えていたおかげか、少しだけ頭が回ってきた気がする。

「方針を変更します」

「方針……?」

「はい。ユキアさんのテイムした魔物を進化させて監督にするというのは私にはレベルが高すぎます。なので最初からそれができる相手をこちらに呼び込むことにしましょう」

「そんなことが……?　王国から人を雇《やと》うのですか?」

「いえ、呼び込むのは魔物です」

そうだ。

ユキアさんと同じことをやっても仕方ない。

だったら私も私にできることをするべきだろう。

「これでも一応王族の端《はし》くれだったので禁書扱いされてきた文献《ぶんけん》にも目を通す機会が得られたんです。そこに一つ、使えそうな知識があります」

「それって私も聞いて良いんでしょうか」

「ここまで言ってだめとは言いませんよ」

文献に記されていたのは王国の周囲の真の地図だ。

エルフ、ドワーフ、聖獣など、もはや幻獣として扱われた彼らのことを記した書物があった。

そこには彼らの住処《すみか》が事細《ことこま》かに記されていたのだ。

エルフは実際に会ってわかった。

そしてユキアさんがドワーフを目指して旅立った方向から、ドワーフの住処にも裏付けが取れている。

あれは本物だ。

「鬼人《オーガ》か竜人《ドラゴニュート》に交渉《こうしょう》を持ちかけます」

「鬼人《オーガ》……竜人《ドラゴニュート》……どちらも伝説上の生き物では……？」

「エルフだって似たようなものです。どちらかはいるはずです」

そしてその場所も、地図によればそう遠くはないのだ。

「むしろ接触しておいたほうが良い相手かもしれません」

「それは……？」

「エルフの王が直々《じきじき》にやってきたくらい、ここは周囲の者にとってイレギュラーな存在ですから……」

鬼人《オーガ》も竜人《ドラゴニュート》もあの文献の通りだとすればエルフ以上に好戦的なのだ。

いきなり武力行使ということもありうると考えれば、先んじて外交を進めておくのは国として必要な措置《そち》だろう。

「なるほど。ですが外交、といってもどのように話をまとめるのですか？」

「鬼人《オーガ》であれば意外と話は早いかと思います。彼らは手先が器用ではないので、文化的工芸品は新たに生み出せない貴重な財産として扱われていると聞きました。私がここに来るときに持ち込んだ装飾品類だけでもそれなりの交渉ができるかと」

すると、私の言葉を聞いたシャナルさんが申し訳なさそうにこんなことを言う。

「良いのですか？」

「もちろん。ここで使わなければ文字通り宝の持ち腐れになってしまいますよ」

躊躇《ためら》いはなかった。

国宝級のアクセサリーもあったが正直、使いどころがないものを持っていても仕方ない。

鬼人《オーガ》を味方につけられるなら、いやそれ以上に、レインフォース家に……ユキアさんに貢献《こうけん》できると考えれば安いものだった。

「竜人《ドラゴニュート》が相手だとどうなるのでしょう……？」

「こちらも似たような形で、宝石類の価値が私たちにとってのそれより高いのです」

だが鬼人《オーガ》以上に気難しい相手であるという情報もあった。

なるべくなら鬼人《オーガ》のほうがありがたい、というのが現時点での感覚だ。

「鬼人《オーガ》に竜人《ドラゴニュート》……存在すら把握していませんでした。その交渉術まで……さすがですね」

「いえ……たまたま知っていただけです」

シャナルさんに褒《ほ》められて面映《おもは》ゆい気持ちになる。

私ですら半信半疑だった文献から読み取っただけの情報だ。

全てが正しいとは思わないが、こちらから交渉に持ち込む価値はあると判断する。

「鬼人《オーガ》か竜人《ドラゴニュート》であれば問題なく彼らの統率と書類整備も可能かと思います。場合によっては数の少ない彼らに労働力を提供し、こちらは統率者を得るということもできるかと」

「それは良いかもしれませんね」

ゴブリンたちにとっても良い経験になるはずだ。

その中から将来的に活躍する者も出てくるかもしれない。

「では行ってこようと思います」

「一人で行くんですか⁉」

「まあ……私には従者もいませんし……」

「でしたら私めがご同行させていただきましょう」

音もなくさっと現れたのは……。

「ロビンさん！」

レインフォース家に仕《つか》えていた執事《しつじ》……。

ユキアさんから凄腕《すごうで》とは聞いていましたが……これは……。

「身の回りのお世話と、簡単にではございますが万が一の際には武術の心得《こころえ》も少々ございますので」

少々、というが溢《あふ》れるオーラは騎士団の隊長格以上のものだ。

只者《ただもの》ではない……。本当にここは……。

いや、そんなことを考えていても仕方ないだろう。

「ご迷惑をおかけします」

「いえいえ、お気になさらず」

人の良い笑顔を浮かべたロビンさんとともに、記憶の中の地図を思い起こす。

するとと出番が来たことを理解したかのように、白竜のパトラが飛んできて近くに静かに着地した。

「キュー」

「パトラ。よろしくね」

「そういえばミリアさんにはこの子がいたんですね」

「ええ……」

元々はレインフォース家で管理していた子なので少し後ろめたい気持ちがある。

それを察したようにシャナルさんが笑いかけてくる。

「兄さんのことなら心配しないでも大丈夫ですよ。ちょっと兄さんは特殊というか……テイムしてる子たちも先祖から引き継いだくらいの認識しかなかったので、つながりが普通のテイマーより弱いんですよね」

「あー……」

シャナルさんの言うことは確かにわかる。

ユキアさんはテイマーとしての考え方が特殊ではあった。

「パートナー、という意識はなさそうでしたもんね」

「はい。部下とかそういうのとも違いますし……どちらかというとなんでしょう……子どものように接するので、その子もそうですし、今回新たにテイムした子たちも、私たちがテイムを上書きしても巣立った、くらいにしか思わないいんじゃないかと」

子ども扱いは言い得て妙だと思う。

普通のテイマーはテイムした従魔はパートナーであり、ある種の所有物だ。だがユキアさんには所有物という感覚はまるでなく、よくも悪くもテイムされた従魔とは一定の距離があるように見えた。

「まあ、兄さんのテイムの能力に対して応《こた》えきれる相手がいなかったんでしょうけど……あの霊亀《れいき》がそうなってくれれば良いんですが、兄さんならあの子ですら私たちが上書きしたいと申し出れば譲《ゆず》る気がしますね……」

「それは……」

ないとは言い切れないのがユキアさんだった。

そもそもあんなオーラを放つ魔物を涼《すず》しい顔でテイムしているユキアさんが異常なだけで、譲ると言われたってあんな大物をテイムできる人を私は知らないけれど……。

「まあですから、兄さんのことは気にしないで大丈夫です」

「お気遣《きづか》いありがとうございます」

シャナルさんは本当に気配り上手な良い子だった。

歳《とし》も近くて何度も助けられてきた。

「必ず協力を取りつけてきます」

今度は私がシャナルさんに、この領地に貢献したい。

「無理はしないでくださいね」

そう言うと普段の真《ま》っ直《す》ぐこちらを見据《みす》えていた綺麗《きれい》な青い目を少し逸《そ》らす。

らしくないなと思っていると、シャナルさんがこう続けた。

「ミリアさんは私にとって……その……大切な方になっていますから」

「――っ！」

ドクンと心臓が跳《は》ねた音が聞こえた気がした。

そのくらいシャナルさんの言葉と、その仕草《しぐさ》は、同性の私から見ても可愛《かわい》らしいものだったから。

レインフォース家は魔物だけじゃなく人たらしの才能も全員身につけているのだろうか……。

「心配はかけないようにしますね」

パトラに鞍《くら》を取り付け乗り込みながら答える。

私も真っ直ぐ顔を見て答える余裕はなかった。

「ロビンさんも乗ってください」

「良いのですかな？　私は走って追いかけても良いのですが」

竜を走って追いかける……？

できるかどうか聞こうとしたが答えを聞くのが怖くなったのでやめておいた。

「大丈夫です」

「では、お言葉に甘えて」

次の瞬間にはさっとパトラの背まで軽々と飛び乗ってくるロビンさんに驚かされながら、私は領地を旅立つことになった。

「あれ……？　私って人質だったはずでは……」

「そのような些細《ささい》なことを気にするお方はあの地におりませんよ」

「……そうですか」

もはや王国の常識で生きるのは馬鹿《ばか》らしくなるロビンさんの言葉に勇気づけられながら、文献の記憶を頼りにパトラと空の旅を楽しんだ。

◇

「私はレインフォース領の使者としてあなた方とお話を……」

鬼人《オーガ》の里は意外なほどにあっさりと発見することに成功した。

なんとか鬼人《オーガ》族の長老の間《ま》に通されたところまでは良かったのだが――。

「レインフォースってのは使者に小娘しか寄越《よこ》せねえってことか？　あぁ⁉」

鬼人《オーガ》たちは皆一様《いちよう》に筋肉質で大柄《おおがら》な身体《からだ》をしており、囲まれた私は普段以上に萎縮《いしゅく》してしまう。

実際、いま力に訴えかけられては何もできないだろう……。後ろに控《ひか》えたロビンさんでもどうかは判断がつかなかった。

だが私はレインフォース領を代表して来た身。舐《な》められたままで引き下がるわけにはいかない。

「私はゼーレス国第二王女、ミリア＝ウィル＝ゼーレス。あなた方との交渉において決して礼を欠く身分のものではございません」

「あぁ⁉　肩書きだけか？　力のないやつと話し合う必要はねえんだよ！」

長老の間の中で最も私に近い……つまり末席に位置する見るからに若い青年鬼がそう言う。

それを制したのは奥に控えていた長老だった。

「やめぬかセキ」

その一声だけで、セキと呼ばれた鬼人《オーガ》はすっと下がって姿勢を正した。

同時に長老から発せられたその言葉の重々しいなにかに、私まで呑《の》み込まれてしまいそうになる。

この感覚は、ユキアさんが連れてきた霊亀を前にしたときのような……。

その霊亀に並ぶかと思うほどのオーラを放つ鬼人族《オーガ》の長老が、真っ直ぐ私に向けて声をかけてきた。

「話、と言ったが、我らと何を話す？　滅びゆく国の王女よ」

「――っ」

その言葉の圧《あつ》だけで押しつぶされそうになる。

それと同時に、鬼人族《オーガ》の情報を得る早さに驚かされた。

「知らぬ、と思っておったようじゃの。名乗るのであれば王国の名ではなくレインフォースの方を名乗り続けておくべきじゃったな」

「ぐっ……」

確かにそうだ。

王国がもはや国としての国防能力を有していないことを鬼人族《オーガ》が把握しているのだとすれば、私はレインフォースの代表という肩書きを名乗り続けるべきだった。

「して……話、とは？」

先手を取られた状況。

これ以上下手なことを言えば交渉どころではなくなるだろう。

「レインフォース領との、同盟を提案しに参りました」

「なるほど。急速に力をつけた新興勢力。わしらとて気にならぬわけではない」

「では……」

前向きな話になるかと思ったが、長老の言葉にその幻想は打ち壊された。

「レインフォースより金品、酒、種族を問わぬ雌《めす》を定期的に入れさせようかの。それで我らは手を出さぬことを約束しよう」

「なっ……」

まさか最初からこれほどまでに好戦的な条件を持ちかけられるとは……。

交渉はある種言ったもの勝ちの要素もある。

出鼻をくじかれた上でこの条件をスタートラインにされてしまえば、交渉を続けても良い条件は引き出せないのだ。

こうなったときに私が取れる選択は一つだ。

いや、最初から私にはこの条件しか用意されていないのだ。

「残念ですが私は使者ではありますが、レインフォース領において頂いた条件をお受けできるような立場におりません。今日ここに来たのはこれらの品をお見せするため。我々の求めるものはそちらの人材です」

相手の用意したテーブルについても良い条件は引き出せない。

だったらそのテーブルごと破壊するしかないのだ。

「なっ！　てめぇ何を言いやが――」

「やめい」

私の話に再びセキと呼ばれた青年を中心に、若い鬼人《オーガ》たちが立ち上がろうとした。

だがすぐに長老に制されて元の姿勢に戻る。

「なかなか良い品だ。王国の宝物庫から持ってきたか」

「はい」

鬼人《オーガ》族はやはり工芸品に価値を見出す。

「ふむ……なるほど。この品であれば確かに、うちの若いものどもをそちらの領地開拓の駒《こま》として送るのもやぶさかではない」

セキを中心とした若い鬼人《オーガ》たちがソワソワとした雰囲気《ふんいき》になった。

一方で奥に控える長老の雰囲気が、それまでの話し合いに応じていた重々しくも柔らかいものから、猛々《たけだけ》しいなにかに変化したのを肌《はだ》で感じとった。

そのオーラは思わずロビンさんが膝立《ひざだ》ちになり武器に手をかけるほどだった。

そして禍々《まがまが》しいほどのオーラを放ちながら、長老がこう言った。

「だがな嬢ちゃん、交渉ってのは対等な立場にあって初めて成り立つもんだ」

「――っ!?」

音の一つ一つがまるで風魔法のように放たれ、ビリビリと私の肌を震わせた。

「要するにここでお前を殺して奪っても良いってわけだ。なぁ？　あんまり舐めた真似《まね》しねぇでもらおうか？」

「舐めた真似……とは？」

「嬢ちゃんとその横の人間、あんたらにゃぁなんも感じねえんだ。こちらと本気でやり取りしようっていう気概《きがい》がよぉ」

「気概……」

「ああ。考えが透けて見えんだよ。甘ったるい考えだ。お前らが相手にしてんのはだらだらと要《い》らねえ会話で人生を浪費《ろうひ》する人間じゃねえ。鬼人《オーガ》なんだ。てめぇの常識に押し込めた交渉なんざ受ける価値はねえ。ただの時間の無駄だ」

鬼人《オーガ》の長老の言うことにまるで反論ができない自分がいた。

再び元の穏《おだ》やかな雰囲気に戻った長老から静かにこう告げられる。

「わしらは別に戦争も辞《じ》さぬ。お主らを滅ぼせばいまや無限とも言える労働力を得ることができる状況。何もかもが対等ではないのだ」

そのとおりだった。

ユキアさんの領地、その圧倒的な力に、どこか私が甘えていたのかもしれない。

それっきり、この場は長老と私の交渉のテーブルではなくなってしまう。

「おら、持ってるもん全部寄越せや」

「そこの爺《じい》さんも死にたくねえなら大人しくしとけ。人間の割にゃあ年を食っちゃいるが俺たち若いのとそう変わらねえんだ」

「レインフォース領はテイマーってのがいるんだったか？　なんだ？　俺のことをテイムしてみるか？　できるんならな」

奥の長老、その左右に控える風格のある鬼人《オーガ》たちは静かにその様子を見るだけだった。

私に迫るのは若い鬼人《オーガ》たち。その相手に私もロビンさんも何も言えなくなる。

「おら。選ばせてやるよ」

セキと呼ばれた鬼人《オーガ》がそう言う。

「持ってるもん全部、勉強料と思って置いてくか、ここで殺されて全て奪われるか。選べ」

「くっ……」

無力過ぎる。

そして、自分の無策を呪《のろ》った。

レインフォースに貢献するためにと思って持ってきた工芸品。その中にはユキアさんとシャナルさんの母親が作った装飾品も含まれている。

私が王国から持ってきたものはどうなっても良い。

だがレインフォース家から預かったこれだけは……渡すわけにいかなかった。

「とっととしやがれ！　それともなにか？　俺をテイムしてみるか？　おら、やってみろや。やれるもんならな！」

「ぎゃはは！」

「できっこねえっての。人間の小手先のスキルが俺たちに届くわけ——」

鬼人《オーガ》たちの言葉はそこで途絶《とだ》えた。


「【テイム】」


たった一言、私の後ろから現れた、ユキアさんの一声によって……。

「なっ⁉」

「えっ……」

セキを中心に私に迫っていた三人の鬼人《オーガ》たちの身動きが取れなくなる。

「がっ……」

「残念だ。鬼人族《オーガ》はこれが好きだと聞いてたからいい話し合いができるかと思ったんだがな」

ユキアさんの手にはドワーフのものと思われる精巧《せいこう》な工芸品と酒が握られている。

すぐ隣から、レイリックさんも姿を現した。

「所詮《しょせん》はケダモノの集まりということだろう。ユキア、まとめてテイムしてしまえば良いのではないか？」

「まっ、待て！　待ってくれ！　若いものたちの非礼を詫《わ》びる！」

慌《あわ》てたのは長老の隣に控えていた二人の鬼人《オーガ》たちだった。

先程までの余裕は一切なくなり、狼狽《うろた》えた様子でユキア殿に頭を下げた。

「うちの大事な客人に好き勝手してくれたようだが……？」

「ふむ……だがそちらの客人もまるでこちらの流儀を知らぬようだったが？」

「なるほど……良いんだな？　そっちの流儀に合わせても？」

そう告げた途端《とたん》、ユキア殿のオーラが溢れ、その場にいた鬼人《オーガ》たちが思わずのけぞる。

「なるほど……すでに魔王の風格を持つ御仁《ごじん》だ」

「魔王……か」

鬼人《オーガ》族の長老とユキアさんが静かに、だが激しく視線をぶつけ合う。

そして長老のオーラがまた、あの禍々しいものに変化した。

「わりいが、うちの流儀に付き合ってくれや」

初めて立ち上がった長老は、周囲の鬼人《オーガ》たちの二倍近くの大きさがあった。

「一騎打ちか」

「そうさ。鬼人《オーガ》ってのはなんだかんだ言おうが強さが全てだ。強《つえ》えやつに従う。弱いやつは死ぬ。それだけだ」

「負ければこちらのやり方に合わせてもらうことになるぞ？」

「いいさ。強えやつには従う。それが鬼人《オーガ》だ」

私の知る限りユキアさん本人に戦闘能力はなかったはずだ。

それも鬼人《オーガ》の王を相手にするような力など、当然……。

だが今のユキアさんなら……。

「受けようか。そちらの流儀を」

余裕を感じさせるユキアさん。そうだ。いまのユキアさんには霊亀がいるのだ。

◇

「これが鬼人《オーガ》の王の力か……」

霊亀は顕現《けんげん》させずともその権能を使うことができる。

霊亀の権能は【鉄壁】。

鬼人《オーガ》の猛々しいラッシュも、霊亀の発動した視《み》えないなにかに阻《はば》まれ、こちらに届くことはない。

だが……。

「どうしたぁ？　若き魔王よ！　守ってばかりじゃ勝てねえだろうが！」

防戦一方。

攻撃手段はあるにはある。大量の魔物をテイムしたことによって俺の筋力は人間の割にはかなりの強さになっているのだ。

だがそれは、あくまでも人間の割には、だ。

力を重要視する幻《まぼろし》の部族である鬼人《オーガ》、その中でも一際《ひときわ》大きなこの鬼人《オーガ》王ゴウマとの力比べは、少し分《ぶ》が悪いように感じられたのだ。

「そうか……攻める気はねえってか。だったらこっちもちと、本気でいかせてもらおうか」

「──っ！」

ゴウマのオーラが一気に跳ね上がる。

あれは……。

「防御《ぼうぎょ》を捨てたか……いや、防御は要らぬと判断したのだな」

後ろで俺を眺《なが》めるレイリックが言う通り、相手は防御の一切を捨て、突進の構えを取っていた。

「行くぞ？」

ニヤリとゴウマの顔が歪《ゆが》む。

「仕方ない……」

「諦《あきら》めるか？」

「いや……まぁそういう捉《とら》え方もある」

「あぁ？」

困惑《こんわく》の表情を見せたゴウマ。

俺はここに来るまでに得た力を使う決意をした。

「加減ができる気がしないんだ……死なないでくれよ」

「ちっ……舐めたこと言ってくれる……だがそれが奢《おご》りでもなんでもねえってことは、俺には伝わってるぜ」

「なら良かった」

ドワーフの国で得たのは大量の工芸品や酒などの特産品、そして領地に対する協力者たち。

だが、それよりも大きなものがあった。

それが……。

――鳳凰《ほうおう》

霊亀と並ぶ四獣の一角。

あの力を使えばこの一騎打ちに終止符を打つのは容易《たやす》いだろう。

ドワーフの国と鳳凰

「ここがドワーフの国か」

「相変わらず洞窟《どうくつ》なんて湿っぽいところにこもってるというのに、随分《ずいぶん》と賑《にぎ》やかなことだ」

レイリックの案内で到着したのは、領地よりもさらに北の山岳地帯だった。

その一角、知っている人間でなければまず辿《たど》り着けないであろう場所に、ドワーフの国の入り口はあった。

「で、どこに向かうんだ？」

「決まってるだろう。王が二人も来たんだ。相手の王に会わなければ礼を失するというものよ」

「俺は王をやってるつもりはないんだけどなぁ……」

柄《がら》じゃないと思うんだが、そんなことお構いなしにレイリックはずんずん洞窟の奥地へと進んでいく。

本当にドワーフは陽気で、俺たちは何度も露天商《ろてんしょう》に呼び止められながら歩いていった。

レイリックの姿を見てドワーフの女性も頬《ほお》を染めたりしていたので、美意識は共通している部分もあるのかとか考えながら歩いていると、最奥《さいおう》に城門が見えてくる。

「門番がいるな」

「ああ。だがあれは知り合いだ」

レイリックがスッと前に進み出て門番と何かを話す。

笑い合っているところを見ると本当に知り合いのようだ。すぐに中に通された。

「随分親しげだったな」

「すでに百年以上の付き合いだからな。行くぞ」

感覚の違いに戸惑《とまど》いながらもとりあえず門番に連れられて王城を目指した。

◇

「よく来たな。エルフの王よ、人間の王よ」

「久しぶりだな。壮健《そうけん》で何より」

「ふむ……エルフは本当に変わらんものだな。それに比べれば余《よ》は随分衰《おとろ》えたものだ」

何を言っているのだろう。

玉座《ぎょくざ》に座るドワーフは白髪の髪や髭《ひげ》こそ見たことないほど立派《りっぱ》なものになっているが、その肉体に関しては衰えどころか……。

「相変わらず冗談が好きなようだな、カイゼル」

「百年前に比べればこれでも衰えてきておるのだ。若い頃はまだやれた」

「わかったわかった。お互い暇《ひま》じゃないんだ。要件を伝える」

「つれないやつだのぉ。まあ良い。要件はそちらの人間の王が持ち込んだものと見るが……？」

筋骨隆々《きんこつりゅうりゅう》のドワーフ王、カイゼルがこちらを品定めするようにじっくり観察したあと……。

「ふぁっふぁっふぁ。良い目をしておる！　良かろう！　要件を呑《の》もう！」

「何も言ってないのに!?」

「お主から余が損《そん》する条件が引き出されるとは思えん！　そうと決まれば宴《うたげ》だ！　おい！　エルフと人間の王が相手だ！　ここ数百年で最も盛り上がる余興《よきょう》を用意せよ！　宴会じゃ！　祭りじゃ！　民にも酒を振る舞ってやれぃ！」

豪快に笑うカイゼルの指示で、さっきまでじっと佇《たたず》んでいた騎士や大臣たちもにこやかに準備に駆け出していった。

「相変わらずだな……」

「これがドワーフってことか……」

思った以上に陽気な相手だった。

◇

「ああ、若いほうが感性が合うだろうて、二百歳くらいまでの技術者を出そうじゃぁねぇか！」

肉を頬張《ほおば》りながら顔と同じ程の大きさの大ジョッキでエールを呷《あお》るカイゼル。

城下は完全にお祭り騒ぎだった。

「ありがとう。こちらからも定期的に食料と木材を持ってこさせるから」

「やはり余の目は狂ってなかったようだの！　末永く仲良くやっていけそうだ」

「人間の寿命《じゅみょう》は短いけどな……」

「頑張ってあと二百年くらいはやっていってほしいものだのぉ。ふぁっふぁっふぁ！」

豪快に笑うカイゼル。

酒が入って一層上機嫌だった。

「にしても木材か。たしかにこの辺一帯は鉱山地帯だが……火は困ってないと思っていたがな」

レイリックがツッコミを入れる。

するとカイゼルがそれまでの上機嫌な表情を一変させ、深刻そうにこう言った。

「そうだ。ここは元々火の精霊に愛されてた洞窟だからのぉ。これまでは木材が少なくても何とかなっておったが……」

「精霊を怒らせたか？」

「怒らせたのは余ではない。あの馬鹿鳥《ばか》だ！」

カイゼルが叫ぶ。

すると周囲から同調するようにこんな声が上がった。

「そうだ！　あの鳥をなんとかしてくれりゃあまた俺たちも鍛冶《かじ》が捗《はかど》るってもんだ！」

「ああ！　あいつがなんとかなるってんならうちのエース出しても良い！」

「うちの工房は直接代表ごと行ってやらぁ！」

「おめえはとっくに二百過ぎてんだろうが！」

「あぁっ!?　まだ若いのには負けてねえよ！　飲むか!?」

「やってやろうじゃねえか！」

気づいたら酒飲み勝負が繰り広げられている。

本当に陽気なものが多い場所だった。

「で、馬鹿鳥ってのは……」

察しがつかないこともない。

この地域で精霊に影響を与えるほどの鳥なんてそう……。

「鳳凰《ほうおう》だろうな」

レイリックが代わりに答えていた。

「そのとおり！　そうだの……人間の王、ユキアよ。お主なら何とかできるのではないか？」

「それは……」

「できるぞ」

「おい」

俺が答えるより早くレイリックが返事をする。

「ふぁっふぁっふぁ！　よーし！　礼は弾《はず》もうではないか！　あれをなんとかしてくれるんなら、うちから定期的に工芸品も武器も防具も作って送ってやろうぞ！」

カイゼルが上機嫌にそう言う。

レイリックを睨《にら》んでも後の祭りだろう。

「霊亀《れいき》は封印《ふういん》されてたからできただけだぞ!?」

「心配せずとも霊亀の力なら問題ないだろう？」

「はぁ……」

こうなった以上仕方ないな。

とりあえず今は肉を食らって、その件は明日の俺に任せるとしよう。

◇

「キュエエエエェエエエエエエエ」

甲高《かんだか》い鳴き声が山岳《さんがく》を地面ごと震わせる。

「もう怒り狂ってるな……」

「この位置からいけるか？」

「いや……無理だろうな……」

視認できる位置までは来たといえど、そもそも相手にとって見ればこちらは人から見た虫かなにかのようなものだ。

存在の格が違いすぎる。

「まずは近くに行って認識してもらうところからだな」

「意外と大変だな、【テイム】というのも」

「まあ何もかも上手《うま》いこといくスキルというわけではないのは確かだな」

レイリックにはこの辺《あた》り、早く覚えてもらわないとこれから先も無茶振りが続く気がする……。

いや神獣二体でもう打ち止めになってほしいところだが……。

「近づくだけで困難だな……」

「エルフって暑さには強いのか？」

「私は一応ハイエルフだからな。環境へは自然と対応するが、あの火の粉が降りかかればダメージは受ける」

「なるほど」

それでなくても火山地帯だというのに、鳳凰の身体《からだ》からは常《つね》に炎が吹き出し、火の粉は眼前まで迫ってきているのだ。

霊亀の権能がなければもうリタイアしていただろうな。

「便利な力だな」

「キュルー！」

上機嫌な精霊体の霊亀が俺の周りを泳ぐように飛ぶ。

俺の周囲にはシールドが常《つね》に展開されているような状況で、霊亀が耐えられる範囲であればフルオートでガードが発動するという状況だった。

霊亀は四獣の中でも防御《ぼうぎょ》に特化した能力を持っていたはずだ。相手が鳳凰であってもまあ何とかなるんだろう。

「キュルル?」

「頼むぞ」

気楽そうな姿が何も考えていないからだとは思わないようにしよう。

「さて、ようやく向こうさんもこちらに気づきそうだな?」

「ああ……」

いよいよ、鳳凰と対峙《たいじ》した。

「何とかなりそうか?」

鳳凰と対峙した俺にレイリックが問いかける。

霊亀のときのように意識を失うほどの何かが流れ込んでくることはなかった。

というのも、霊亀が歴史の全《すべ》てを重んじて人に寄り添おうとしたのに対して、鳳凰は直近の怒りを鎮《しず》められるならそれで良いという話だからだ。

で、その直近の怒りについては結論から言えば問題はないんだが……。

「この件、どうも人間のせいだ」

「何だと? ここは人が住む場所からは遠く離れているぞ?」

「ああ。だがここに来た人間がいたらしい。それも、神獣の力の悪用を求めて……」

犯人はわからない。

だがこの地に人間がやってきて、神獣の権能を奪い取ろうとしたらしい。

これを防ぐために鳳凰は暴れ、周囲の精霊たちもその影響を受けてドワーフに扱いきれないものになったというのが真相だそうだ。

「で、人間のお前を認めるのか？　鳳凰は」

「なんとか頑張るよ」

鳳凰の怒りは何も人間の種族全体に及んだわけではない。

厄介事《やっかいごと》にクビを突っ込むことにはなるが、鳳凰の協力が得られるなら……。

「俺がお前にちょっかいをかけた人間のことを、なんとかする」

これが俺の持ちかけた【テイム】の条件。

ほんの一瞬、鳳凰がこちらを見つめる。

「キュエェェエエエエエエエエエエ」

「あれは同意ってことでいいんだな？」

レイリックの言葉は俺も疑問だったんだが、すぐに、それまで空を覆《おお》うほどだった巨鳥が、霊亀同様肩乗りサイズ程度の精霊としてこちらのほうに飛び立ってきてくれた。

「クエー」

「キュルー」

そのまま鳳凰が霊亀と戯《たわむ》れ始める。

霊亀が尾の先に宝石のようなものをつけているのに対して、鳳凰は額《ひたい》に埋め込まれたように
なにかの宝石のようなものがきらめいていた。

「終わってみるとあっさりだな」

レイリックが言う。

俺からすると精神的にかなり疲れるんだが……。

その言葉を聞いて、次からもう少し苦労した様子を見せようと心に誓《ちか》った。

「それにしても……」

レイリックが二匹を眺《なが》めて言う。

「見た目はこんな形になっても、力は一切衰えぬな……」

「まあ力を奪う契約じゃないしな」

「やはり便利な能力だな」

何もかもわかっているような顔でそう言って笑うレイリック。

俺はもう何も言えなかった。

その後カイゼルにもう一度宴会を開かれてしこたま手土産《てみやげ》と、大量の職人をもらってここに至《いた》るんだが……。

◇

「ミリアといったか、下がっていたほうが良いぞ」

「えっ？」

レイリックが注意を促《うなが》してくれたおかげで周囲の人間が一歩引いたのが見えた。

だが鬼人《オーガ》の王は一瞬も怯《ひる》むことなく突進してくる。

「死なないでくれよ」

鳳凰の権能は【聖炎】。

ちょうどあの火山で、こいつの身体がそうであったように……。

「なっ⁉」

「腕のみにコントロールするだけで手一杯《ていっぱい》なんだ。手加減は本当にできないからな！」

俺の右腕の先が炎に包まれる。

いや、実際に炎になるのだ。

そしてその炎は、並の魔法とは比較にならぬ、神獣の放つ聖なる炎。

「やってみろやぁああああああ！」

ひるまず突進してきたゴウマに、すれ違いざま炎と化した右腕を打ち込む。

「ぐぁっ⁉」

ようやく、一騎打ちが終わった。

「あちぃじゃ……ねえか……」

ドスンと、ゴウマの巨体が地面に落ちる。

「良かった。死ななかったか」

ホッと一息つこうかと思った次の瞬間。

「王よ。先程の無礼をお許しください」

ザッと俺の周りで膝《ひざ》をついて拳《こぶし》を合わせる鬼人族《オーガ》の村人たちがいた。

「これより貴方《あなた》が我らの王、なんなりとご命令を」

「先程の件、処分はいかようにも……」

「この場で腹を切ることもためらいはありませぬ」

そこはためらってほしい……。

文化の違いというのはこうも複雑なのか。

そんなことを考えていたら……。

「ユキアさん……！」

「ミリア。遅くなってごめん」

「申し訳ありません……」

沈んだ表情を見せるミリアにどうしたものかと思っていたが……。

「ユキア。女の相手も王のつとめだが、今はやることがあるぞ」

「なっ⁉」

レイリックのからかいに俺ではなくミリアが真っ赤になっていた。

「おい……」

「良いではないか。初《うぶ》な娘は好みではないか？」

もう何も言うまい……。

「あー、鬼人族《オーガ》にはうちの領地に協力を願いたい。この領地での生活ももちろん保証する。街道を整備してゆくゆくはここまで一つの国として守りを固めたいと思うが、良いか？」

「仰《おお》せのままに」

すっかり大人しくなった鬼人族《オーガ》たちにペースを乱されながらも、とにかくこれで一件落着のようだった。

領地に戻るとすぐ、ホブゴブリンたちと話をしていたシャナルが迎えてくれた。

「ただいま」

「おかえりなさ……え……？　なんか増えてませんか？」

鳳凰《ほうおう》の姿を見て固まるシャナル。

遅れてレイリックがペガサスから降りてきた。

「地上から追いかけてくる連中は多いぞ？　準備を進めた方が良いのではないか？」

「え、また増えるんですか……」

「まぁ……ミリアの頑張りもあってな」

「そんな……私は何も……」

遠慮するミリアの手をシャナルが取る。

「大丈夫です。兄さんがおかしいだけなので」

何か俺がいない間に仲良くなったようだな……。

そんなことをしていると向こうから……。

「兄貴！　陛下《へいか》！　見てください！　俺、軍関係の仕事ちょっと任されるようになったんすよ！」

「あう……おかえり、なさい」

アドリとエリンがそれぞれ書類を抱えながらやってくる。

ロビンさんはドワーフと鬼人《オーガ》たちを従えて追いかけてきてくれているし、ムルトさんも何も言わず領地の行政に関《かか》わってくれていることがわかる。

「あら、おかえりなさい」

「母さん」

改めて、領地に戻ってきたんだなと実感した。

◇

「さて、これで本格的に動き出せるな」

あのあとすぐ、タイミングを図《はか》ったようにムルトさんがエルフの若手を連れて領地にやってきた。

レイリックに対して言いたいことは山ほどありそうな様子だったが、ひとまず抑えることにしたようだった。

いわく……。

「ユキア様が天寿《てんじゅ》を全《まっと》うされてから、改めて若様には色々と言わねばならぬことがございます」

とのことだったが。

本当に生きるスケールが違うな……。

そんな中でこのタイミングで領地にやってくるエルフたちというのは皆、俺にとってはいい意味でエルフらしからぬ、レイリックに近しいタイプだったのはありがたかった。

「まず兄さん、状況を整理しましょう」

「そうだな」

ざっと領内の情報を整理していこう。

まずは人間。これは俺とシャナル、母さん、ロビンさん、そしてミリアの五人だ。

続いてエルフ。レイリック、エリン、アドリ、ムルトさんに、新たに二十のエルフが加わった。

そしてドワーフ。カイゼルは流石《さすが》についてこなかったものの、五十ものドワーフがついてきてくれている。

ここまでが同盟国ということになる。

「鬼人《オーガ》は結局全員テイムしてくれって言われたからな……」

「あれ？　兄様もテイムされたままでは……」

「ああ、まあこれもユキアの寿命《じゅみょう》までの付き合いと思えば些細《ささい》な問題であろう？」

ということで、テイムして傘下《さんか》に加えたメンバーは……。

まず鬼人《オーガ》族、集落に三百ほどいるが、まず領地にやってきたのは若手を中心にした二十人ほど。

だが一人ひとりが単純な戦闘能力でゴブリン千以上に相当する上、進化前のゴブリンやオークと違って最初から知能があり、寿命も長い。

そして何より、ついてきた二十のうち五人ほどは、鬼人王《オーガ》ゴウマや若手の代表格だったセキと異なり、スマートな体型をしていたのだ。

鬼人《オーガ》族の中でも上位種族だったゴウマやセキと異なる進化体形をとった実力者、アサシンオーガたち。

彼らはロビンさんとムルトさんの部下として働いてもらうことになった。

あとはゴブリン、コボルト、オーク、トロールが一万以上。

狼《おおかみ》、兎《うさぎ》、熊《くま》、イノシシ、鳥のような動物が魔物化したものを含めれば二万近くの大所帯となっている。

そして連れてきたドラゴンを始めとする魔物と馬などの動物たち。

その中から進化したホブゴブリンやハイオークなどが、これもロビンさんの教育によって書類仕事まで担《にな》うようになっていたらしい。

「すでに我が国より戦力は大きいな……」

「当たり前ですが、ゼーレスの全盛期の戦力も上回っています」

レイリックとミリアが呟《つぶや》く。

「いやぁ、こんなにいるとは思ってもみなかった！　ドワーフの国よりも多いぞ！」

「鬼人族《俺たち》のとこももちろんだな」

書き出して改めて、この領地が異常な状況にあることを理解する。

「さて兄さん、どうするんですか？」

「そうだな……まずある意味一番数の多いゴブリンが肝《きも》になるから……手先が器用な希望者をドワーフの職人に弟子《でし》入り、力に自信があるなら鬼人族《オーガ》と一緒に、みたいな感じでまとめていこうと思――」

そこまで言ったところで、慌《あわ》てた様子で二匹のホブゴブリンが駆け込んできた。

あれは……ロビンさんのもとで執事《しつじ》見習いをやってた……。

「た、大変です！　敵！　敵襲《てきしゅう》です！」

「何だとっ!?」

真っ先に立ち上がったのは鬼人族《オーガ》たち。

「状況を詳《くわ》しく伝えてくれ！　アドリ！　指揮を預ける！　先行して戦えるものを向かわせてくれ！　セキ！　現場の隊長は任せるぞ！　鬼人族《オーガ》五人を連れてアドリの補佐《ほさ》をしてくれ！」

「わ、わかりました兄貴！」

「やってやろうじゃねえか！」

すぐさま二人が走り出す。

「何があったか話せるか？」

俺も説明を受けながら現場に向かう。

話によれば何者かの魔法で突然、森一帯を焼き払われたという。

相手の規模はわからないがとにかく早く知らせるために飛び出してきたらしいのだが……。

「父ちゃんが……父ちゃんが……！」

「……」

報告に来たホブゴブリンは泣いていた。

その悲痛な叫びを、俺はただ聞いていることしかできなかった。

◇

開拓領地に定めた最南端。

そこはゴブリンやコボルトたち、小型の亜人《あじん》たちの住居区になっていた。

俺たちが初めて到着していたとき、すでにゴブリンたちが馴染《なじ》んでいたためそうしていたものだが、拠点防御《きょてんぼうぎょ》という観点で言えば全く何の備えもない状態だった。

アドリの提案で城壁の建設や、種族間の住居入れ替えなどが進められてはいたのだが……。

「これは……」

ホブゴブリンの道案内で到着したとき、すでに周囲に敵影はなく、ただただ無残《むざん》に焼き払われた集落がそこにはあった。

「ひどい……」

「シャナル、怪我《けが》をしてるやつらに回復薬を」

「はい！」

すでに現場で救護の指揮を執《と》っていたアドリが駆けつける。

「すみません兄貴……俺がもっとちゃんと準備していたら……」

「いや、俺のミスだ」

俺はもともと狙《ねら》われる身だったんだ。いままでは俺自身の身を守ることを優先させようと動いてきたが……もっと優先すべきことがあったはずだった。

家族を失ったホブゴブリンたちの悲しみは、人間のそれと変わりはないのだ。

「ユキア。悔《く》やむより次に進むことが王の役割だ」

レイリックがあえて冷たくそう言ったのがわかる。

「ああ……」

静かに決意を固める。

まずは怪我をしているものを助けて、被害の確認。

その次は……。

「ここに手を出したことを、後悔させる」

「そうだな。ここに手を出した者たちの末路を思うと、いまから哀《あわ》れだ」

レイリックの言葉に同意するように、周囲にいたホブゴブリンたちもうなずいていた。

王子たち【王国視点】

「招集に応じ馳《は》せ参じました」

「うむ……」

ゼーレス王国王城、玉座《ぎょくざ》の間《ま》に、二人の男が招集されていた。

一人は次期国王となるであろう第一王子アルン＝ウィル＝ゼーレス。

「ですが父上、ひどい有様《ありさま》ですね」

「ぐっ……」

「ああいえ、出過ぎた真似《まね》を。して、聞いた話によるとこの惨状《さんじょう》、一介《いっかい》の飼育員ごときによるものとか？」

口調こそギリギリの敬意を示したようなものだが、その声音《こわね》に敬意など全く込められた様子がない。

とはいえ国に残った国王や宰相《さいしょう》を始めとする大臣は何も言い返せない。実際にそのとおりだったから……。そしてそれ以上にアルンの持つオーラに気圧《けお》されていたのだ。

アルンは魔法、学力、武術、どれをとっても優《すぐ》れた才能を発揮《はっき》したまさに天才神童《しんどう》だった。

当然成人し、次期国王として準備を進める今もなお、その力は健在だ。

すでに並の騎士団員や武人では相手にならないほどの物理的な力も持っていることもあって、誰も何も言えないのだ。

「まあまあ兄上、そのくらいで」

場を収めたのはこちらも招集されてやってきた第二王子、ロキシス＝ウィル＝ゼーレスだった。

丸メガネを持ち上げながらロキシスは続ける。

「ご心配なく国王陛下《へいか》。もはやあのレインフォース家が必要なくなるのは時間の問題でしたが……完成しましたよ」

「おおっ！　そうか！　でかしたぞロキシス！」

国王が思わず玉座から立ち上がる。

ロキシスは王都から離れた領地で魔獣の研究を任されていた。研究の目的は、王国の主戦力となっていた魔物たちの量産、強化だった。

「ここへ来たのも私が作った人工竜です。乗り心地はいかがでしたかな？　兄上」

「レインフォースが管理していたあれよりは速く、強かったな」

「おお！　おおそうか！　もう騎乗も済ませたのだな！」

国王の目が輝くのを周囲の人間は久しぶりに見た。

国の誇る戦力が失われた今、実力ある竜騎士と、竜の存在は心の拠《よ》り所になるほどの価値があった。

「これでしばらくの防衛《ぼうえい》は安泰《あんたい》か……」

ホッと息をつく国王に対して、王子たちの意思は異なっていた。

「父上、一介の飼育員にいいようにされたままで済ませるおつもりで？」

「ぐぬ……だが相手は強大な……」

「ここに来る前に少しばかり味見をしましたが、大した歯ごたえもない相手でした」

「なにっ!?　すでに刃《やいば》を交えたのか!?」

ざわめき立つ大臣たち。

実際にユキアの、正確にはあの霊亀《れいき》の姿を見ていた者たちからすれば、それは信じられない愚行《ぐこう》だったからだ。

だが第一王子の言は逆に、あの時大臣たちが失っていた自信を取り戻すものでもあった。

「交えるというほどのこともありませんでした。通り道に様子を見ただけ。多少でかい魔物はおりましたが、本当に大したこともありませんでした」

「なにっ！　あの魔物とも対峙《たいじ》したのか」

「ええ。逃しはしましたが致命傷は与えてあります」

「おお！」

国王を始め、大臣たちも一様《いちよう》に表情を明るくする。

もっともこのとき、第一王子の言ったでかい魔物と、大臣たちが想像するそれには大きく隔《へだ》たりがあったのだが、それに気づくものはこの場にはいなかった。

「我が国の失われた戦力を正式に取り戻すのです」

「この国にもともといた程度の戦力が相手なら全く問題ありませんよ」

第一王子、第二王子はともに、ユキアたちとの戦いを選んだ。

その熱は、王国に残り沈んでいた貴族たちの心に今一度火を灯《とも》す。

もっとも、その火が自《みずか》らを焼き尽くすものであると気づくものは、この場には一人もいない様子だった。

王国との決着

犯人の目星がつくまでに、そう時間はかからなかった。

あのあとすぐに、一匹、俺がよく見知った魔物の姿が目に入ったことから発覚につながることになったからだ。

「ラトル！　どうしてお前が……」

王宮でずっと、檻《おり》に繋《つな》がれていた狼《おおかみ》型の巨大な魔物だった。

戦争の間だけ暴れる役目を持ち、普段は人への敵意を高めるためという名目で飼育係たちからも散々《さんざん》な目にあわされていた魔物。

当然、俺がミリアとともに王宮にいた魔物たちを連れ帰ったときには、すでに人間に嫌気がさしていなくなったものと思っていた。

そのラトルが、致命的なダメージを負った状態で倒れ込んでいたのだ。

「クゥン……」

弱りきったラトルに、王宮にいた頃からずっと、何もしてやれなかった後悔の念が募《つの》る。

「ラトル……ごめん、俺はあの時から、何もできなくて……」

そう言って寄り添うと、慰《なぐさ》めるようにラトルが俺を舐《な》める。

口が大きすぎてほとんど顔全部を舐められるような状況だった。

「エリン……治す気か？」

後ろからレイリックの声が聞こえる。

「治せるのかっ!?」

「ああ……だがそんなに万能《ばんのう》なものではない」

「どういう……って、エリン!?」

確認するまでもなかった。回復魔法を唱《とな》えながら手をかざすエリンの額《ひたい》には、大量の汗《あせ》が滲《にじ》んでいたのだ。その表情も苦しそうに歪《ゆが》んでいる。

「エリンは巫女《みこ》のような役割を担《にな》っていてな。エルフは無限の寿命《じゅみょう》がある。その寿命を使って、対象の傷を肩代わりすることができる」

「それは……」

目の前に横たわるのは俺たちの何倍もの巨体の狼。

その腹にぽっかりと穴があき、それ以上血も出ないほどのダメージを受けた相手にそんなことをすれば……。

「カハッ……はぁ……はぁ……これで、命はつながるはず……です……」

「シャナル、エリンをすぐに」

「わかっています！」

倒れかけたエリンを、シャナルが抱きとめて回復薬を飲ませる。

エリンには申し訳ないが、俺はこいつに寄り添ってやらないといけない。

「なにか感じるものがあったんであろう。こやつには……」

「ああ。俺が王宮にいた頃から、何もできなかった相手だ」

「何も……か。そうは見えんがな」

レイリックの言葉に驚いていると、ラトルがゆっくり立ち上がる。

「まだ治りきってないけど……ここでは休めないか……？」

「そうではないだろう。お前は便利なスキルのせいで目が曇《くも》っているのではないか？」

「え……？」

立ち上がったラトルが、ゆっくり俺に寄り添ってきたのだ。

「クゥン……」

「動物と心通わせる力などない私でも、その姿を見れば何を考えているかくらいわかるがな」

「でもだが、俺はこいつに……」

「その子は……その……あぅ……ユキアさんが……はぁ……、きっと……好き、な……はずです」

「エリン。無理して起きたら……」

起き上がったエリンを支えるように、ラトルがスッと身体《からだ》を入れる。

「もう、大丈夫……あう……です。それより、この子のことを……ユキアさんのことを嫌いなはずがありません」

「クゥウウン」

エリンの言葉に同意するようにラトルが鳴く。

そうか……。

王宮でのラトルの日々はひどいものだと思っていた。だからこそ、毎日気にかけていたのは事実だ。

だが俺は気にかけるだけで、こいつを救い出すことはできなかったと思っていたんだが……。

「許してくれるのか？」

「キュウン」

ペロペロと、顔を舐めて頭を擦《す》り寄せるラトル。

「そうか……」

胸の奥が熱くなるのを感じる。

だが一息つく間もなく……。

「これは……まさか、そんな……」

「ミリア……？」

遅れてやってきたミリアが震えている。

もう周囲に敵影はないというのに、まるで目の前になにか強大な相手がいるかのように、顔を青白くさせてガクガクと身体を震わせていたのだ。

「この傷跡……兄様の……」

「――!?」

つまりこれは……。

「ユキア」

「ああ……」

レイリックが声をかけてきた理由はわかる。

戦争になるのだ。

「同盟国としてエルフの部隊を……」

「いや、エルフやドワーフは戦いの前線に出さない」

「ほう……？」

「この領地も傷つけさせはしない。こちらから攻め込む」

もう王国に容赦《ようしゃ》はしない。

◇【ミリア視点】

兄の存在はトラウマだった。

離れて暮らすようになってようやく、その柵《さく》から放たれたかと思っていた。

だがそれは間違いだった。

「……っ！」

日に日に兄たちに対する恐怖心は強くなっていた。

だからこそ、私は甘えるように、【テイム】に依存《いぞん》したのだ。

気づけば私はベッドで横になっていた。まさか痕跡《こんせき》を見つけただけで気を失うとは思ってもみなかったが……。

ふと、誰かの足音が近づいてくるのを感じる。

「落ち着いたか？」

「その声は……ユキアさん!?　入ってください！」

「ああ……」

与えられた小屋の中で、ベッドに横になっていた私は慌《あわ》てて身体を起こす。

とにかく失礼がないように入ってもらおうと思ったのはいいけれど、身だしなみが……!?

「お邪魔します」

「あっ……はい、その……」

「横になってていいのに」

優しく笑うユキアさんの手には、湯気の出たコップが握られていた。

「ホットミルクだ。王国が賠償《ばいしょう》として送ってきた家畜のものだから、味は合うと思うけど」

「ありがとう、ございます……」

こんなところで二人だと意識してしまうとまともに顔も見られない。

「兄様って言ってたってことは……」

その言葉だけで、心音が速くなった。

ユキアさんは決して気遣《きづか》いができないわけではない。

だからあえてここに踏み込んだということは……。

「第一王子、アルン兄様……文武ともに優《すぐ》れた才能を持った、天才神童《しんどう》でした」

私も、覚悟しないといけない。

「なるほど……でも、性格だけは優れていなかったと」

「あ……」

ユキアさんの手が私の頭に触れた。

「ミリアは間違ってない。大丈夫」

「はい……」

テイマーなど必要ない。憧《あこが》れることも、目指すことも、動物たちと心を通わせることも、すべて無駄と言われ続けた王宮での日々を、ユキアさんの手が振り払ってくれるような気になる。

「って、ごめん。流石《さすが》に失礼だったか」

「あ……」

「ん？」

照《て》れたように手を離したユキアさんに、ついはしたなく物欲しそうな声を上げてしまい赤面する。

き、切り替えよう……。

「ユキアさん！」

黙ってうなずいて、こちらを真《ま》っ直《す》ぐ見てくれた。

いろんな意味で緊張しながら、私は声を絞《しぼ》り出す。

「兄様の件、私が……！」

私は王国の姫。

この地で私が、後ろめたさを感じることなくみんなと一緒に過ごすためには、必要なケジメだと思った。

「俺も、そのつもりでいたよ」

ユキアさんがそう言って笑ってくれる。

柔らかい笑みとは裏腹《うらはら》に、口から出る言葉にはずっしりとした重みがある。

「第一王子アルンは騎竜していたと聞いたから、ミリアもパトラと組んで、一騎打ちに持ち込む」

「――っ！」

そのときを想像して、また震えてしまいそうになる身体をなんとか抑える。

たったそれだけの変化。

たったそれだけの、まだなんてことない勇気だったというのに……。

「いけそうだね」

そう言って微笑《ほほえ》むユキアさん。

やっぱり、レインフォース家の人はテイムだけじゃなく、人たらしのスキルでも持ってるんじゃないだろうか。そんなことを考えていたら、少しだけ緊張が解けたような気がした。

◇

ミリアが決断してからの動きは早かった。

まず戦争と聞いて鬼人族《オーガ》が立ち上がる。

「今度こそやってやろうじゃねえか！」

「おお！　俺たちの力、人間に見せつけてやんぞ！」

「うぉお！」

セキを中心に血気盛んな鬼人族《オーガ》は、結局集落にも話を付けて一〇〇にのぼる軍を結成した。

「仇《かたき》……討《う》ちたい！」

「もうおでらは家族みてえなもんだ！」

「ボクも行かせて！」

直接被害を受けたホブゴブリンを中心に、ゴブリン、オーク、コボルトの進化種族たちが立ち上がる。

その数三千。

「戦線に行かせてくれよ！　斧《おの》振らせりゃぁ人間の若造《わかぞう》なんかにゃ引けを取らねえぞ？」

「まあ駄目っていうんなら、ちょっと待ってくれ」

「ああそうだ。とびっきりの防具と武器を用意してやる！」

ドワーフたちに応《こた》えるようにエルフたちや母さんも、素材集めや服の手配に気を回してくれた。

シャナルとエリンは食料の調達や移動のための馬なんかの世話してくれていたし、すでにロビンさんの傘下《さんか》に入っていた鬼人族《オーガ》の斥候《せっこう》も敵の情報収集に動いている。

そこにパトラを始めとするドラゴンに、ラトルのような魔獣たち……。

そして……。

「キュルルー！」

「クエー！」

神獣二体。

「過剰《かじょう》戦力にも程があるな」

「まあ実際に戦わせる気はないけど」

これはあくまで、国と国の決め事に背《そむ》いた王国に対する報《むく》い。

ロビンさんにはすでに王都からの移民の受け入れを始めてもらっている。おそらく危険が及ぶのは王都までだが、周囲一帯の領地も注意はしている。

「王国が滅びたらどうなる？」

「領主がそのまま国を興《おこ》すか、周りの国に呑《の》み込まれるだろうね」

「その周りの国には当然、ユキアの国も含まれるというわけか」

レイリックの言う通り、おそらくこの戦争で領民は増えるだろうな……。

「では残る者たちにその準備をさせておかねばならんな」

「まあ、土地が増えるからどんどん任せていきたいところだけどね……」

元々王なんて柄《がら》じゃないしな……。

と、いまは目の前のことに集中しないとだな。

◇【王国視点】

「なっ⁉　相手がもう攻めてきただと⁉」

「数は⁉　数はいかほどなのだ⁉」

王国は再び混乱に陥《おちい》っていた。

宮廷では大臣たちが慌《あわ》ただしく廊下を駆け回っていた。

「ふん……所詮《しょせん》ここで飼っていた小物が来るだけだろう」

「その通り。これだけの人工魔獣を前に何ができると……」

余裕の表情で笑い合う王子二人。

父である国王と宰相《さいしょう》とともにテーブルを囲んでいた。

「ふむ……ハーベル、敵の戦力はわかっておるのか？」

「森に入られて正確な情報が入ってはおりませんな……。なんせ見聞きしてきた情報がどれも耳を疑うものばかりでして、敵はおそらく幻術《げんじゅつ》使いがいるのではないかと処理しておりますが」

ゴブリンを中心に万の大軍を抱えているなどという情報をそのまま報告するわけにもいかない宰相にとって、その判断はある種仕方のないものだった。

「私は直接見てきている。あんな僻地《へきち》に万もいるものか。様子のおかしいゴブリンが多少まとまって行動していたにすぎん」

「というわけですので……脅威《きょうい》となるのはやはり連れ去られた魔物たちだけかと」

その言葉に国王が笑みをこぼした次の瞬間だった。

「敵の数、およそ五千！　全員武装を整えており、民兵ではなく軍として動いております！」

「ドラゴン複数匹確認！　その他、魔獣多数！」

「斥候部隊消失！　これで五件目です……」

「何だとっ⁉」

国王が思わず立ち上がる。

王子たちもにわかに信じられなかった。

「五千だと？　馬鹿《ばか》げている。どこにそんな人員がいたというのだ」

「その通り。いくら王都がこんな状態であったとはいえ、王都から抜けた人間が五千も揃《そろ》うなどあり得ないことです」

アルンもロキシスも、ユキアの能力など飼育係の中ではマシな方だった程度の認識しかしていない。

ミリアに対してそうであったように、テイムやテイマーに対する理解など、する気もなかったのだ。

だから気づかない。

一体一体がもはや、人間の力を大きく上回る亜人《あじん》の集団を率《ひき》いてきたということに。

ユキアのもとに集《つど》った魔獣たちがどれほどの力を得ているかに。

そして……。

「おいおい……あっちには神獣もいるんだろ⁉　どうなっちまうんだ俺たち……」

「なにっ⁉　神獣だと⁉　何を馬鹿げたことを……」

「やはり敵には幻術使いがいるようですねぇ」

王子たちの言葉に宰相ハーベルが冷や汗をかきながら応える。

「いや……神獣は、いるのです」

「なに……？」

騎士団の弱音にようやくアルン第一王子が反応を見せるも、すでにユキアたちの軍勢は目と鼻の先に迫っていた。

◇

「こんなに早くここにまた来ることになるとは……」

王城の前には騎士団というにはあまりに心もとない人数と装備の人間が立っている。

魔獣たちが暴れた一件で怪我人《けがにん》の治療も追いついていない様子だった。

「まさか王国はあれだけか……？」

レイリックが拍子抜《ひょうしぬ》けしたようにそう言う。

数はおそらく数百程度で、間に合わせに鎧《よろい》を着せられたのであろう人間が何人も見受けられる状況だった。

ちなみに当然だが、馬もいなければ竜もいない歩兵だけの集団だ。

と、そこに一匹の竜が現れた。

「あれは……」

ミリアが一瞬だけ目を見開いたが、すぐに正気に戻る。

うん。大丈夫そうだな。

「これはこれはレインフォース卿《きょう》。ついにおかしくなって攻め込んで来たのか？」

竜の上からそう挑発するのは……。

「兄様……」

「あれがアルン第一王子か」

そしてあれが……。

「父ちゃんの仇……！」

「あいつだ！　あいつがあいつがやった！」

ホブゴブリンたちが殺気立つ。

「ふん……なるほど、数が多いと思えば下等な生き物で戦争ごっこというわけか」

「そちらこそ、戦争ごっこもできないほど苦しい状況のようで大変だな」

「貴様……」

いまアルンから見えているのは俺たち竜やペガサスに乗ってきた第一陣と、歩兵たちだけ。魔獣たちは背後に控《ひか》えている。

そのせいか、ホブゴブリンたちを舐めているからか、それとも何か奥の手があるのかわからないが、第一王子アルンは余裕の表情を崩《くず》さない。

「国王は出てこなくて良いんだな？　このままだとこのアルンの言葉を貴国の総意と見なすことになるが」

「馬鹿馬鹿しい！　テイマーごときにいちいち国王が出てくるなど。王子たる私が出てきているだけで異常なのだ！　そのありがたみもわからぬか！」

なるほど……。

「前回やってきたときに、国王自《みずか》ら署名《しよめい》してもらって条約を結んでいたんだがな。どこかの馬鹿が知らずに反故《ほご》にしたようだから、対応によってはと思ったが……いいんだな？」

神獣の力を借りて威圧《いあつ》をかける。

ズン、と、周囲の空気が重たくなったかのような錯覚《さつかく》すら起こる。

「ぐっ……!?　なんだこれは!?」

アルンが竜上で思わずうずくまる。

下にいた騎士たちもまた、何人かが立っていられなくなった。

霊亀《れいき》と鳳凰《ほうおう》をテイムしたことで俺自身の力も相当なものになっているようだった。

◇【王国視点】

「降伏《こうふく》せねば……降伏しかあるまい……」

「ふむ……ですが今降伏したとしても、父上が生き残る保証はほとんどありませんよ？」

「なっ!?　だが今ならばまだアルンが勝手にやったと……」

崩壊《ほうかい》した王城の一室、国王と第二王子ロキシスがアルンの様子を眺《なが》めていた。

「盟約を破った王、しかも破ったのは血縁の王子……まるで助かる要素がないと思いますが？」

「ぐ……」

国王は往生際《おうじょうぎわ》の悪い男だった。

大きなトラブルが起こることもない王国では、部下の主体性を尊重する良君としてやっていけていたのだ。

日和見《ひよりみ》主義かつ、自己保身が最優先のわかりやすい国王は、部下である大臣たちにとってみればありがたい存在だった。

実際ここ数十年は、それで大きな問題なく回っていた。

「くそう！　それもこれも金欲しさにあの財務卿が勝手に！」

「それを止めるのが王の仕事でしょう。父上はまさか、あの玉座《ぎょくざ》に座っているだけで望む結果全《すべ》てが手に入ると思っておいでてでしたかな？」

「ぐっ……」

息子であるロキシス第二王子の言に何も言い返せない国王。

その全てが図星だった。

「まあご安心ください。沈みかけの船ですが兄上と私が来たのです」

「だが……」

「ご覧《らん》になったでしょう？　私の人工魔獣たちを！」

自信満々に腕を広げるロキシス。

「確かに見たこともない数の魔獣たちであった……」

「数だけではありません。その性能も、レインフォースが代々飼い慣らしてきたような雑魚《ざこ》とはまるで違うのです」

得意げに笑うロキシス。

その様子に少しだけ、不安になっていた国王が気持ちを持ち直す。いや、持ち直してしまったのだ。

「そうか……そうじゃな。お前が言うのなら信じようではないか」

「ええ。所詮は王家のための駒《こま》に過ぎない飼育係が調子に乗ったらどうなるか、見せて差し上げますよ」

◇

「貴様……この私にこのようなことをしておいてただで済むと思うなよ」

神獣のプレッシャーをもろに浴びたアルンはただ竜に乗っているだけで息切れするほどに消耗《しょうもう》している。

お膳立《ぜんだ》てはここまでにしておこう。

「ただで済まないなら、どうするつもりだ？」

「決まっている！　貴様ら全員八つ裂きに――」

「お待ちください！」

アルンが吠《ほ》えかけるが、それを止めたのは……。

「出来損《できそこ》ないの妹《ミリア》が何の用だ」

「ぐっ……」

兄、アルンの放つプレッシャーに一瞬怯《ひる》んだミリアだが、しっかりと意識を持ち直してこう返した。

「私はレインフォース領代表として、ゼーレス王国第一王子、アルンに一騎打ちを申し込みます」

「……ほう?」

アルンの顔が残忍に歪み、またミリアが一瞬怯みかける。

だが隣に並ぶ相棒《あいぼう》が、ミリアを守るように咆哮《ほうこう》を上げる。

「キユゥォオオオオオオオオオオオオン」

「ちっ！　うるさいトカゲめ！　しつけぐらいしっかりしておけ！」

耳を塞《ふさ》ぎながらアルンがそう叫ぶがもうその頃にはパトラがミリアに頬《ほお》ずりをして落ち着かせている。

「ありがと、パトラ」

「きゅるーん！」

「よし……うん。もう、大丈夫！」

さっとパトラに乗ったミリアが上空に飛び立った。

ミリアの装備はもちろん、鐙《あぶみ》も含めてドワーフの職人がこのために用意した最高級品だ。

ミリアは王族の仕事の傍《かたわ》ら、たしかに【テイム】に傾倒した部分はある。

だがそれ以上に、ミリアは生真面目《きまじめ》にあらゆることに打ち込んでいたのだ。

その中には剣術も、魔術も、そして竜騎兵術も含まれている。

竜が大柄なため、竜騎兵は剣などを振るっても大した意味はない。

主な攻撃は竜によるものになり、それを魔力でカバーするか、槍《やり》や薙刀《なぎなた》などの長柄《ながえ》の武器で戦うことが求められる。

ミリアの武器は、【テイム】だ。

「いきます……パトラ！」

「きゅるーん！」

【テイム】には派生《はせい》スキルが複数存在する。

集団相手に一度に行うスキルや、テイムした魔物に応じて術者の能力が向上するというのも、正確には派生スキルの一つだ。

そんな中、ミリアには一つ、ずば抜けた才能があった。

——第四の目《フォースアイ》

ミリアはテイムした従魔に自分の得た視覚情報をそのまま流し込むように送り出す能力がある。それは逆もしかりだった。

「俺にはあんな芸当できないからな……」

「面白《おもしろ》い人材が揃っていて王としては羨《うらや》ましい限りだがな」

ペガサスに跨《またが》るレイリックが横からそんなことを言う。

と、ミリアがパトラと共に飛び立ったのを見て、アルンも槍を掲《かか》げながら前に進み出てきた。

「槍も持たずに挑《いど》むとは。良いのか？」

「構いません。私はこの子と戦いますから」

「ふん……道具に過ぎぬ竜頼み……つくづく下《くだ》らぬ……良いのだな？　私との一騎打ちはこの戦いの全てを意味するぞ。もしお前が負ければあそこにいる男ごと皆殺しだ！」

アルンの威圧。

だがもう、パトラと意識を合わせたミリアは動じない。

「むしろ兄様こそ大丈夫でしょうか？　兄様が負ければ、王国は終わりますよ？」

「ふっ……ははははは！　何を言い出すかと思えば！　私がお前に負ける？　笑わせるな。そんなことは万に一つもありえぬ！」

それっきり、言葉のやり取りは終わる。

ここからはお互いの刃《やいば》が交錯《こうさく》するのだが……。

「ユキア。あの槍、魔槍《まそう》だな？　人間がなぜあれを？」

魔槍。

文字通り魔力によって成り立つ特殊な槍だ。

持ち主が魔力を込めればその分長く伸び、魔力でできた穂《ほ》も刃物以上の武器になる。

味方の竜を傷つけぬよう、穂の出し入れを行い、竜に乗りながら相手にダメージを与えられる特殊な武器だった。

「竜騎兵専用の国宝だったはずだけど……何十年も使い手がいなくて出番がなかったと思う」

「ほう……ということは、あの男はそれなりにできるわけか」

「性格以外完璧《かんぺき》超人だそうだからね、第一王子は」

「そんな相手だというのに、ユキアはまるで焦《あせ》る様子がないようだが？」

「まあ、信頼してるからね」

というより、ポテンシャルをフルに発揮《はっき》したミリアが乗った竜に勝てる竜騎兵なんて、大陸を見渡してもいないはずなんだ。

「国宝の魔槍、人間としては数世代ぶりの使い手、竜も私が見る限り優秀に見える相手に……か。勝てばいよいよ、あの不遇の王女も胸を張ってユキアの国の一員というわけだ」

「俺からすればそんな必要はなかったんだけど……」

これはきっと、ミリアにとって必要なケジメだから。

「良い顔になってきたではないか！　王の顔だ」

「どんな顔だよ……」

レイリックと軽口を交わし合っていると、いよいよ両者がぶつかろうと動き始めていた。

◇【ミリア視点】

パトラの綺麗《きれい》な白と対照的な、漆黒《しっこく》の竜に跨る兄様を見る。

竜の身体はパトラよりふた回りも大きく、兄様の手には歴代竜騎士団長ですら使いこなせず封印《ふういん》されていたという魔槍が握られている。

でも……。

「ユキアさんが、私たちなら大丈夫って言ってくれたから」

「きゅるーん！」

パトラに取り付けられた鐙は私のために特別に作られた特殊なものだった。

通常、広い竜の背を生かして竜騎士はある程度回避を想定して可動範囲を広く取るものだ。

だが私は今回、可動範囲を極限まで狭《せば》めて、自分の身体をほとんどパトラに固定している。

「来るよ！」

パトラに指示を出したときには、すでにパトラが身を翻《ひるがえ》して伸びてきた魔槍を避《よ》けている。

今回は当然。

兄様が何も考えず真っ直ぐに槍を伸ばしてきただけだから、私もパトラも見えていた。

「ほう……一応乗れるというわけか……」

兄様が竜に指示を送り、その羽をゆっくり羽ばたかせて溜《た》めを作り始める。

突進だ……。ぶつかればひとたまりもないし、避け方を間違えて体勢を崩せばすぐにあの魔槍が伸びてくる。

「死ね！」

ブワッと、風を置き去りにした黒竜が飛び込んでくる。

だが私はすでにパトラに指示を共有している。

「なにっ⁉　どこだっ⁉」

真っ直ぐに、最速で飛び込んできた兄様。

竜騎士の弱点は非常にわかりやすい。竜は勝手に動けば人間を振り落としかねないから、人間の指示を待たなければ動けない。

かといって竜単体で放ったとしても、よほどしつけられたものでなければ戦争においてアドバンテージなど得られない。

だからこそ、人間の指示を待つ竜こそ最高であると、王国では考えられてきたのだ。

人間の指示を待つということは、人間の目が届く範囲でしか対応ができないということになる。

高速で動けば人間が追いきれない速度になるため、次の行動までに一拍、余白ができる。

そして……。

「がら空《あ》きですよ」

人間の目が届かず、竜が弱点を晒《さら》す場所……。

「下……だとっ!?」

兄様が反応したときにはすでに、パトラが全速力で黒竜の横を通り抜ける。

私とパトラの視覚が共有できるからこそ、お互いのギリギリまで接近してすれ違うことができるのだ。

だから私は、ただ真っ直ぐ剣を握っているだけで……。

「キュギャアアアァァァアアアアアアア」

「なんだっ!?　くそっ!?　いつの間に下に……いや……！　いつの間にこいつに傷を……！」

すれ違いざまに腹に与えた剣戟《けんげき》は、一撃で相手を落とすのに十分な威力《いりょく》を発揮したはずだ。

すぐに降りて治療を開始しないと竜は死ぬ。

国家にとって大きすぎる竜一匹の金額を考えれば、どんな竜騎士でも戦闘を中断するのだが……。

「ちっ！　使えぬ奴《やつ》め！　お前など死んでも代わりはいくらでもいるのだ！　あれを落とすまで治療はさせぬ！　死にたくなければとっとと飛び込め！」

「キュウウギャアアアアアア」

「兄様……」

ユキアさんの言った通りの結果になったことに驚くような、もはや安心するような気持ちになりながら、突進してくる黒い個体と槍を振りかざす兄を見つめる。

「パトラ」

「きゅるー！」

「なっ!?」

ユキアさんのアドバイスはこれだけだった。

一度傷を与えたとしても、兄は竜のことなど気にせず攻撃してくる可能性がある。そうなったときは……。

「上空に逃げろ、でしたね」

傷を負った竜の突進など、身軽なパトラからすれば止まっているようなもの。

さらりと上空へ身を躱《かわ》す。

下が弱点という理論は、パトラの視覚も共有されている私には関係ない。

そして傷を負った巨体のドラゴンでは、上空には攻撃が届かず……。

「苦し紛《まぎ》れに槍を伸ばしてくる……本当に、ユキアさんには何手先まで見えていたのでしょう」

伸ばされた槍は伸ばせば伸ばすほど、その先にかかった力がそのまま持ち主に返ってくる。

パトラが難なく避けたその魔槍の穂先《ほさき》を……。

「ふっ！」

剣で弾《はじ》く。

「なっ⁉　ぐぁっ！　くそ……しっかり支え……ぇ？」

傷を負った竜に、その衝撃を受け止める力は残っていない。

「おいっ⁉　しっかり……くそ！　くそがっ！　おい！　何とかしろ！　貴様らが緩衝材《かんしょうざい》として受け止めろ！　いいか！　そこを動くなよ！」

兄様が落ちていく先には騎士団がいるが、ここにいる騎士団員に落ちてくるドラゴンを命がけで支えようなどという気持ちを持ったものは一人もいなかった。

もっとも、下にいたところで被害が増えただけだと思うが……。

「くそっ！　ならば……ならばせめて貴様を道連れに！」

落ちていく兄様の魔槍が真っ直ぐに、ユキアさんのいる本陣に伸びていくが……。

——ガキン

「なっ……」

あっけなく阻《はば》まれて、そのまま黒竜は地に落ちていった。

その間抜《まぬ》けな表情と声が兄様の最期《さいご》になったと思うと少しだけ、同情の気持ちが湧《わ》かないこともなかった。

◇

「どうするんだ!?」

「どうするもなにも俺たちもともとこんなことしたいわけじゃねえ！」

「それに王子が俺たちを殺そうとしたんだぞ！　もう付き合い切れるか！」

収拾をつける存在がいなくなったことで騎士団員たちが混乱して騒ぎ出すが、それを止める存在が王城側から現れた。

――ドシン

大地を震わせながら現れたのは……サイのような魔獣、だがそのサイズはもはや……。

「えっ!?　なんでこんなところに……」

「あれはまるでドラゴンどころか……神獣じゃ！」

二体の神獣と向き合ったからこそ、あれが偽物《にせもの》だとわかるが、同時にそのサイズと存在感は本物のそれと遜色《そんしょく》ないことに驚かされる。

「お久しぶりですねぇ、レインフォース卿。随分《ずいぶん》と暴れられたもので……」

巨大な魔獣の頭上からそう語りかけてきたのは、第二王子ロキシスだった。

それとほとんど同時に、超巨大なサイの魔獣の周りから先程までアルンが騎乗していたような大柄のドラゴンや魔獣たちが大量に現れる。

その数は百を上回っているだろう。

レインフォースが管理していた数の倍は超えていた。

「どうですか？　私の研究成果に声も出ませんかね!?　わかりますか！　この動物たちは全て！　私の手で作り上げたのですよ！」

高らかに宣言するロキシス。

応える前にレイリックが俺にだけ聞こえるようにこう尋《たず》ねてきた。

「あれもテイマーか？」

「わかってて言ってるだろ……あれはそんなんじゃないよ」

「では質問を変えようか……あれとユキアでは、どちらが優秀なんだ？」

「優劣の問題じゃない。俺はあれを許す気はない」

「そうか。ではこの戦い、決着のようだな」

レイリックの言葉通りだった。

「選びなさいレインフォース卿。これまでの非礼を詫《わ》び、我が国に従属し忠誠を誓《ちか》うか、ここで私の作った実験動物たちに踏み潰《つぶ》されて死ぬか！」

ロキシスは止まらない。

「おっと、忠誠を誓うというのはですね。契約魔法でも、【テイム】なんてちゃちなものでは済ましません。私が直々《じきじき》にその頭を弄《いじ》くらせていただきますがね！」

そこまで言うと高笑いを始めるロキシス。

そうか。作られた動物たちはそれで言うことを聞いているのかもしれないな。

「【テイム】」

「何を馬鹿な……この動物たちは私が直々に……へ？」

実験動物は正確には二百近くの数に上っていたが、その全てをテイムした。

「なっ⁉ 馬鹿な……⁉ 動きなさい！ 私の言うことを！ このっ！ 動きなさい！ 動くのです！ 早く!!!」

巨大なサイの頭上で必死に足踏みをして言うことを聞かせようとするが、全て無駄なことだった。

「ええいっ！ 動けと言うのがわからないのですか！ 使えないやつらなど私の一存《いちぞん》で……え？」

それまで一切動かなかったサイが身震いをした。

「待っ……まさか……このまま落ちたら……」

その巨体は王城の三階以上に相当しているし、落ちればただでは済まないだろうが……。

「やめっ……ああ……おち……あぁぁあああああああああ」

彼を助ける動物たちはそこにはもう、いなかった。

◇

押し入る形で王城に入り、アルトン＝ウィル＝ゼーレス国王を捕らえたところだった。

随分老けて見える。

「私は……死ぬのか？」

「殺す気はないですよ」

「甘いなユキア。だが生かしておいて意味などあるか？」

「うちの領地、牢《ろう》みたいなところがなかったし、そこに仕事を生んで雇《やと》うには今回の件はちょうどいいと思ってな」

「なるほど……元国王がゴブリンの世話になるというのもまあ、一興《いっきょう》かもしれんな」

レイリックの言葉に国王以下大臣たちは絶望に顔を染めていた。

エピローグ

「祭りじゃぁぁあああ！」

ドワーフ王カイゼルの声がレインフォース領となった森の中に響く。

エールを煽《あお》るのはドワーフ、ゴブリン、エルフ、オーク、人間、鬼人《オーガ》と、多種多様な種族たち。

「賑《にぎ》やかですね。兄さん」

「ああ、ありがと」

そんな様子をボーッと眺《なが》めていると、シャナルが飲み物を持ってやってきてくれる。

エルフの魔法とドワーフの技術で作られた設備によってキンキンに冷えた飲み物だった。

「こんなところにいたのか。王は目立つ場所で偉そうにしているのも仕事だぞ？」

「そんな山盛り食い物持ってふらふらしてる王に言われてもな」

笑いながらレイリックが隣に座る。

するとすぐ後ろから……。

「あう……その、これ、良かったら……」

「エリン、ありがとう」

クッキーを持ってきてくれたエリンが俺にそれを渡すと逃げるように消えていく。

そんな様子をレイリックは何か生暖《なま》かい視線で見守ってきていた。

「兄貴ー」

入れ替わるようにアドリが串に刺さった肉を持ってやってくる。

周りにいるのはゴブリンたち。すっかり仲良くなってるようだった。

「こんな光景が見られるのは大陸中見渡そうがここだけだろうな」

レイリックが満足そうに言う。

「そうでしょうね。普通はまとまりません」

シャナルもそう言って笑ったところで、疲れた様子のミリアがふらふらとやってきた。

「ひどいですユキアさん！　私に色々押しつけていったでしょう⁉」

「ごめんごめん。でもまあ、今日の主役はミリアで間違いないだろ？」

「その通りだ。これはゼーレスの新女王即位の祝いなのだからな！」

「そこからそもそもおかしいんです！　どうしてですか⁉　もう国も滅んでいるようなものな

んですから、改めてユキアさんが王を名乗ればよかったのに！」

そう。

ゼーレスの王族は全員行方不明ということになり、新女王にミリアが即位したと王国中にお触《ふ》れを出したのだ。

「まあほら、国がばらばらになるとややこしいでしょ？」

「ですが……ユキアさんがその気になればそれすらもなんとかなったと思うのですが……」

まあそういう話もなくはなかった。

俺が故郷であるゼーレス王国を滅ぼし、王都を制圧したら、おそらく貴族たちのほとんどがレインフォース領に降《くだ》る。

だが一部、他国に吸収されたり、独立を宣言する場所が現れることは予想できた。

まあそれも、神獣を見せて歩けば関係ないだろうと言われていたのだ。

「少しでも混乱がないほうが良いってことで」

「良いではないか。どうせこのあとゼーレスの女王はユキアと婚約を発表するのだ。そうなれば順番が変わっただけでユキアが王であることに変わりはないのだ」

「えっ⁉　聞いてませんよ！　兄さん！」

「俺も聞いてないよ……」

レイリックの言葉に反応したシャナルに首を締められるように振り回される。

「そっ……そんな……婚約なんてその……」

ミリアも困ってる。

だがレイリックは止まらない。

「ああそうだ。ユキアが生きているうちにエリンも嫁《とつ》がせたいと思っていたんだ」

「おお？　なんだぁ？　じゃあうちからも一人ぐれぇもらってくれねえと」

「面白《おもしろ》そうな話をしておるではないか。ドワーフからも一人出さねばならんな」

集まってきた王たちにもみくちゃにされながら、どこまで本気かわからない話で盛り上がられる。

「はぁ……本当に兄さんは……」

「これ、俺が悪いのか？」

「ふふ」

シャナルになぜか呆《あき》れられ、ミリアにも笑われる。

本当に賑やかな夜だ。

「長生きしないといけませんね、兄さん」

「まあ……そうだな」

この景色を維持《いじ》するために俺が必要だということは言われなくてもわかる。

「後継者を早く作れば良かろう。うちのエリンとの子ならほとんど寿命《じゅみょう》の概念もない優秀な子が作れるぞ」

「だったら俺らも人間よりは寿命がなげえぞ！」

「ドワーフも頑張らねばならんな」

またもや酒の入った王たちに茶化される。

空には無数の星と、はしゃぐようにじゃれつく竜と精霊、神獣たち。

「なるべく続くように、頑張るよ」

そんな決意を胸に抱く。

宴《うたげ》は夜通し行われていった。

あとがき

はじめまして。すかいふぁーむと申します。

ウェブ小説からの書籍化ということで、作品を作ったときのことを振り返りながらなにか書けたらなと思います。

本文未読でも大丈夫なよう、ネタバレはないように書ければと！

この作品は二〇二〇年の十月に初回投稿した作品で、割と早い段階でランクインしてしばらく上位にいさせていただいたものでした。

宮廷というキーワードが良かったようで、ランキングの他の作品でも結構見かけるようになっていって、多分もう宮廷◯◯シリーズは書籍も色々出ているかなと思います。

なんで宮廷がウェブで流行《はや》ったか、振り返ってみたいと思います。

当時のウェブ小説の流行は、パーティーメンバーに追放され、その後主人公がパーティーメンバーを見返す、というものが主流でした。いわゆる「追放ざまぁ」ものの全盛期です。パーティーリーダーや勇者から追放される主人公、というテンプレの場合、差別化できるのは主人公がなぜ追放され、なぜその後活躍したかという、主人公の能力に関する部分だけでした。

補助魔法使いだから目立たなかったが、実は主人公のおかげで活躍していた、であったり、この座組を満たす主人公の能力というのは飽和しつつあり、もう出尽《でつ》くしたかなとも思える中で、逆に追放する側を差別化しよう、という考えで作ったのが、この宮廷テイマーという作品でした。

それまでパーティー単位だった追放する側ですが、この単位をギルドなど人数の多いものにすれば、その分話がスケールアップするであろうという仮説を持って、でも世界規模が敵というのはやりすぎ、という中、バランスをとって国を敵にしました。国に属していた主人公を表すキーワードとして、宮廷という言葉を使った感じです。

パーティー追放だと主人公の活躍の場もまた冒険者等ソロやパーティー単位がメインでした

が、宮廷スタートだと次の舞台も国に匹敵《ひってき》するスケールになるので、本作でいえば領地開拓系の話ができたりと、幅が広がったのは良かったかなと思っています。少なくとも作者としては自由度が高くて楽しく書かせていただきました。

コミカライズも展開していただけるとのことで、そちらも含めてぜひ楽しんでいただけるよう頑張っていければと思います。


宮廷、のほうはこんな理由で作ったんですが、テイマーの方は私の趣味でした。

他の作品もほとんどテイマーものなんですが、生き物好きでブリーダーみたいなことを趣味でしているのでそれの影響です。

いまはボールパイソンというヘビが家に三十匹ほどいて、それがメインです。

その他チンチラやケヅメリクガメ、メダカなんかがいます。

ヘビは作中のドラゴンとは違い全く懐《なつ》かない生き物なので、もう少し触れ合いができる子もいてほしいなと思い、最近は小型のサルとか見ています。

サルの他にもワラビーとかビントロングとかミーアキャットとか……。

どんどん動物園化していきそうな気がしますが、作品に活《い》かせるように頑張っていきたいと思います。

最後になりましたが、素敵《すてき》なイラストを提供いただきましたさなだケイスイ先生、めちゃくちゃテンション上がってました。ありがとうございます！

また担当いただきました編集氏はじめ、本書に関《かか》わっていただきましたすべての皆様にお礼申し上げます。

ありがとうございました！

そしてなにより、本書をお手に取っていただいた皆様に最大限の感謝を。

またお会いできることを願っております。

すかいふぁーむ

Characters
キャラクター設定資料

通常ver
=
鳳凰
精霊化
ver

ダッシュエックス文庫

君は僕の後悔《リグレット》
しめさば
イラスト／しぐれうい

君は僕の後悔《リグレット》2
しめさば
イラスト／しぐれうい

友達のお姉さんと陰キャが恋をするとどうなるのか？
おかゆまさき
イラスト／長部トム
キャラクター原案・漫画／まめぇ

友達のお姉さんと陰キャが恋をするとどうなるのか？2
おかゆまさき
イラスト／長部トム
キャラクター原案・漫画／まめぇ

今でも消えない後悔となった中学時代の恋人。自由な姿に憧れ、それゆえに苦しみ過去の思い出になった彼女と高一の夏に再会して…。

孤独に生きていたあたしは、君の１番になれるわけがないと諦めていた。「あの子」が現れるまでは…。後悔を抱える少女の恋物語。

親友の家に遊びに行くたびお姉さんからイタズラを仕掛けられる原因は…？　超鈍感少年と素直になれないお姉さんの初心者恋愛物語。

レイジと恋人になり、ひとり暮らしの資金を貯めるためにモデルを始めたサクヤ。だがそこにレイジに恋するカリスマＪＫモデルが!?

ダッシュエックス文庫

レベルリセット
～ゴミスキルだと勘違いしたけれど実はとんでもないチートスキルだった～
雷舞蛇尾
イラスト／さかなへん

レベルリセット2
～ゴミスキルだと勘違いしたけれど実はとんでもないチートスキルだった～
雷舞蛇尾
イラスト／さかなへん

ログアウトしたのはＶＲＭＭＯじゃなく本物の異世界でした
～現実に戻ってもステータスが壊れている件～
とーわ
イラスト／KeG《ケージ》

俺はまだ、本気を出していない7
三木なずな
イラスト／さくらねこ

神童と呼ばれた少年が獲得したスキルは、毎日レベルが1に戻る異質なもの!? だがある可能性に気付いた少年は、大逆転を起こす!!

新たなスキルクリスタルと愛馬の解呪を求めて、スカーレットと風崖都市を目指すラグナス。そこで彼を待っていたものとは一体…!?

自分の命を代償に仲間を復活させVRMMOをログアウトしたはずが、現実世界がスキルの使える異世界に!? 規格外少年の攻略記!!

伝説の魔剣をいくつも使えることがバレちゃった!? 魔剣で悲しみや噂、世界の封印さえも断ち切って突き進む最強当主の成功物語!!

ダッシュエックス文庫

史上最強の宮廷テイマー
～自分を追い出して崩壊する王国を尻目に、辺境を開拓して使い魔たちの究極の楽園を作る～

すかいふぁーむ

2021年11月30日　第1刷発行

★定価はカバーに表示してあります

発行者　瓶子吉久
発行所　株式会社　集英社
〒101－8050　東京都千代田区一ツ橋2－5－10
03(3230)6229(編集)
03(3230)6393(販売／書店専用)　03(3230)6080(読者係)
印刷所　図書印刷株式会社
編集協力　蜂須賀隆介

ISBN978-4-08-631446-6 C0193